Chères lectrices,

Pour fêter l'arrivée tant attendue du soleil et de la chaleur, je vous invite ce mois-ci à voyager dans le sillage de nos « Séducteurs de l'été »...

En se rendant à une soirée de bienfaisance organisée par le milliardaire Angelos Zouvelekis, Chantal va voir sa vie bouleversée (n°2895, *Apparences trompeuses* de Sarah Morgan). Dans les pas de cette jeune femme pleine d'énergie et de courage, découvrez un Paris romantique, avant de larguer les amarres pour une île grecque à la beauté brute et préservée qui saura vous enchanter.

Autre roman gorgé de soleil : *Un irrésistible milliardaire* de Melanie Milburne (n°2898), dont l'intrigue se situe à Middle Harbour, en Australie, et à Naples. Gemma, la toute jeune héroïne de cette émouvante histoire, va découvrir l'amour, le vrai, dans les bras d'Andreas, après avoir trouvé la force de faire la paix avec les blessures du passé.

Bien sûr, les autres romans de ce splendide mois de juin vous accompagneront eux aussi sur la plage ! Entre deux baignades, laissez-vous emporter par ces beaux récits...

Très bonne lecture !

La responsable de collection

Le fiancé d'une autre

MICHELLE REID

Le fiancé d'une autre

COLLECTION AZUR

éditions Harlequin

Cet ouvrage a été publié en langue anglaise
sous le titre :
THE DE SANTIS MARRIAGE

Traduction française de
ANNE BUSNEL

HARLEQUIN®

est une marque déposée du Groupe Harlequin
et Azur ® est une marque déposée d'Harlequin S.A.

83-85, boulevard Vincent-Auriol, 75013 PARIS — Tél. : 01 42 16 63 63

Service Lectrices — Tél. : 01 45 82 47 47
www.harlequin.fr

ISBN 978-2-2808-0811-8 — ISSN 0993-4448

1.

Le mariage de Bianca serait célébré d'ici une semaine. Ce soir, une réception aurait lieu pour les proches amis et les membres de la famille. Suite au cocktail, les invités iraient à la Scala écouter un opéra. Rien que cela ! Pourtant, Lizzie n'avait jamais eu aussi peu envie de s'amuser.

Dans sa luxueuse suite d'hôtel, elle s'apprêtait à enfiler une robe de haute couture dont le prix… Non, il ne valait mieux pas songer à sa valeur. Ainsi parée, elle irait parader à l'opéra tandis que chez elle, en Angleterre, la faillite de l'affaire familiale menaçait d'engloutir toutes leurs possessions.

Dans un premier temps, elle avait refusé de se rendre en Italie pour assister aux noces de sa meilleure amie. Mais son père avait insisté et Matthew, le frère de Lizzie, avait même fini par se mettre en colère.

— Ne sois pas stupide ! Tu veux que papa culpabilise encore plus ou quoi ? Il a déjà bien assez sur les bras avec cette banqueroute. Va au mariage comme prévu, et par la même occasion, transmets mes meilleurs vœux de bonheur à Bianca et à son millionnaire de mari. Elle a eu bien raison de le harponner, celui-là !

Lizzie se souvenait encore du ton plein de hargne que son frère avait employé. Une chose était sûre, Matthew ne pardonnerait jamais à Bianca d'être tombée amoureuse d'un autre homme que lui…

Suite à cette discussion, son père était revenu à la charge, tant et tant qu'elle avait fini par capituler. De guerre lasse, elle avait accepté de s'envoler pour Milan alors qu'elle n'avait qu'une envie : demeurer auprès de son père pour le soutenir dans l'épreuve qu'il traversait.

Voilà pourquoi elle allait maintenant devoir se pavaner dans cette robe scintillante !

Elle souffla sur une boucle de cheveux qui lui retombait sur le front, ajusta une bretelle, puis se tourna vers le miroir. Seigneur ! Elle aurait beau faire, rien n'empêcherait que cette toilette ultra moulante ne souligne chaque courbe de son corps d'une manière provocante. Et cette couleur argentée ne la mettait pas du tout en valeur. Elle lui donnait un teint trop pâle ! Pourquoi donc n'avait-elle pas une peau dorée et des cheveux bruns comme Bianca ? Et que ne possédait-elle sa silhouette menue et délicate…

En vingt-deux ans d'existence, ce n'était certes pas la première fois que Lizzie soupirait après une apparence qui ne lui convenait guère. Plutôt grande, elle avait des seins et des hanches épanouis, et une cascade de boucles auburn qui, quels que soient ses efforts, refusaient de se laisser discipliner par le peigne ou les barrettes. Quant à sa peau laiteuse, la robe de soie gris argent la faisait paraître plus claire encore qu'à l'accoutumée.

« On dirait un fantôme », soupira-t-elle intérieurement.

De fait, la robe appartenait à Bianca qui l'avait portée deux mois plus tôt, lors de sa fête de fiançailles. Et sur elle, la toilette avait rendu un tout autre effet. En un mot, elle était fabuleuse. Ce qui n'avait pas empêché Bianca, la veille, de la jeter dans les mains de Lizzie d'un air dégoûté :

— Tiens, prends-la. Je ne sais pas pourquoi je l'ai achetée, je déteste cette couleur. Et puis, elle est trop longue et je n'ai pas assez de poitrine pour remplir le décolleté.

Lizzie n'avait pas ce genre de problème. Ses seins,

heureusement contenus par le corset baleiné, pigeonnaient audacieusement entre les pans du petit boléro à manches courtes assorti à la toilette. L'ensemble était néanmoins acceptable. D'ailleurs, quand on empruntait quelque chose, on ne pouvait pas se permettre d'être difficile, se dit-elle avec philosophie.

Quelques coups frappés à la porte de la chambre l'arrachèrent à ses pensées. La voix de la mère de Bianca retentit derrière le battant :

— Elizabeth, êtes-vous prête ? On ne peut pas se permettre d'arriver en retard à la Scala !

« Oh non, Dieu nous en préserve ! » ironisa Lizzie *in petto*, avant de répondre à voix haute :

— J'en ai pour un instant !

A l'opéra de Milan, les portes fermaient à l'heure dite, et l'on ne faisait aucune exception, pas même pour les membres les plus importants de cette société italienne huppée qu'elle côtoyait depuis une semaine.

Rapidement, elle enfila une paire d'escarpins argentés à hauts talons, avant d'appliquer un peu de gloss rosé sur ses lèvres. Elle avait refusé tout net d'utiliser le bâton de rouge carmin que Bianca avait voulu lui donner en même temps que la robe.

Un dernier coup d'œil au miroir lui rendit son sens de l'humour. Pour la première fois depuis des semaines, elle osa rire. Il ne manquerait plus que sa meilleure amie lui abandonne également la bague en diamant que son fiancé lui avait offerte, et adieu les soucis pécuniaires ! Le temps de passer au mont-de-piété, et toutes les dettes de la famille Hadley serait épongées en un clin d'œil.

Mais il ne fallait pas rêver, Bianca n'était pas généreuse à ce point. Pour autant, Lizzie ne lui en tenait nullement rigueur. Bianca Moreno était sa plus proche amie depuis le jour où toutes deux s'étaient retrouvées enfermées derrière les murs de ce pensionnat anglais aux règles très strictes, et où elles s'étaient senties tels des extraterrestres tombés de l'espace.

Bianca venait de Sydney où elle avait jusque-là mené une vie libre et insouciante auprès de ses parents, italiens de naissance. Du jour au lendemain, quand un vieil oncle anglais avait fait du père de Bianca l'héritier de l'entreprise Moreno, basée à Londres, sa famille s'était retrouvée à la tête d'une véritable fortune.

De son côté, Lizzie avait échoué dans ce pensionnat après le scandale causé par sa mère dans la petite ville où ils habitaient. En effet, celle-ci avait eu la riche idée d'entretenir une liaison avec le député du coin, un homme appartenant à la haute bourgeoisie, et surtout, marié.

Ses camarades d'école l'avaient dès lors tellement harcelée que son père avait finalement décidé de l'envoyer dans cet internat situé à des centaines de kilomètres de chez eux.

Les moqueries n'avaient pas cessé pour autant. En avait-elle parlé à son père ? Non. Ce dernier était déjà trop affecté par la situation, et par le fait que sa mère avait brusquement quitté le toit conjugal, sans oublier de mettre la main sur tout l'argent qu'elle avait pu trouver.

Bianca était devenue son amie et sa confidente, en dépit de leurs différences. Dix ans plus tard, celle-ci était toujours un chat sauvage épris de liberté quand Lizzie, d'un tempérament plus calme, demeurait meurtrie en secret par l'absence d'une mère qui n'avait jamais daigné décrocher son téléphone pour avoir un mot d'explication avec elle.

Depuis l'âge de douze ans, les deux amies n'avaient donc jamais perdu le contact. Aujourd'hui, Bianca se proposait d'épouser un homme issu d'une des plus illustres familles d'Italie. Aussi, bien que Lizzie eût préféré être ailleurs, elle était prête à mettre de côté ses soucis personnels pour l'aider à faire de son mariage une réussite.

C'étaient M. et Mme Moreno qui avaient payé son billet d'avion pour Milan, ainsi que tous les frais annexes, comme par exemple le prix de la chambre d'hôtel. Lizzie leur en était reconnaissante. Sans leur aide, jamais elle n'aurait pu se permettre de prendre ces deux semaines sabbatiques, loin de la débâcle financière familiale, pour assister au très chic mariage entre Bianca et son fiancé, le mondain Luciano Genovese Marcelo De Santis — Luc pour ses intimes —, qui à trente-quatre ans était à la tête du vaste empire bancaire De Santis.

Un petit frisson involontaire parcourut Lizzie qui, par réflexe, attrapa l'écharpe de soie argentée posée sur le montant du lit et la noua sur sa gorge. C'était idiot, mais elle avait ce genre de réaction chaque fois qu'elle pensait à Luciano. Il fallait admettre que c'était un personnage singulier, sophistiqué, courtois, mais distant, aux manières intimidantes en dépit d'un physique indiscutablement plaisant. En sa présence, Bianca ronronnait presque telle une petite chatte folâtre et caressante, ce qui semblait amuser son fiancé. Mais bien sûr, elle était italienne, et par conséquent plus expansive que les Anglaises réservées… comme Lizzie.

Cette dernière n'avait certainement jamais ronronné autour d'un homme et elle ne s'imaginait pas ayant une telle attitude ! Voilà pourquoi elle comprenait d'autant moins ces frissons stupides qui la secouaient lorsqu'elle se trouvait à proximité de Luciano De Santis.

Il n'était pas du tout son genre. Il était bien trop… trop *tout* ! Trop grand, trop beau, trop impressionnant et trop énigmatique. C'était terrifiant, à bien y réfléchir.

Après s'être saisie de son petit sac baguette décoré de perles grises, Lizzie quitta la chambre. La pensée de Luciano De Santis demeura cependant en elle. Ils ne s'étaient rencontrés qu'une fois avant sa venue à Milan. C'était à Londres, plusieurs mois auparavant, lors d'un dîner en petit comité organisé par les parents de Bianca qui avaient tenu à présenter leur futur gendre à leurs amis anglais.

Sa vue avait causé un choc à Lizzie qui avait eu du mal à s'empêcher de le dévisager toute la soirée.

— Alors, qu'en penses-tu ? lui avait demandé Bianca un peu plus tard.

— Il est très intimidant. Pour tout dire, il me fait peur ! avait avoué Lizzie.

Bianca s'était contentée d'en rire, comme elle riait de tout à cette époque. Elle était amoureuse et planait sur un petit nuage.

— Tu t'y feras, avait-elle assuré. Quand on le connaît mieux, on le trouve tout aussi extraordinaire !

Lizzie en était persuadée.

Leur seconde rencontre avait eu lieu une semaine plus tôt, se remémora-t-elle alors qu'elle attendait l'ascenseur dans le couloir. Il était venu ici même, à l'hôtel, chercher Bianca, et était tombé sur Lizzie qui débarquait tout juste à Milan et patientait devant le bureau de réception. Naturellement, il s'était approché pour la saluer poliment et, de nouveau, elle avait senti ce petit frisson étrange sur sa nuque.

Il s'était montré contrarié que Bianca ne se soit pas déplacée à l'aéroport pour accueillir son amie. Lizzie avait surpris l'éclair de colère qui s'était allumé une demi-seconde dans son regard noir, juste avant qu'il n'arbore de nouveau son masque d'urbanité. Elle lui avait affirmé qu'elle n'avait eu nul besoin d'être escortée jusqu'à l'hôtel, et il s'était alors contenté de hocher la tête, la bouche pincée dans une mimique réprobatrice.

Puis, avec l'assurance tranquille des gens habitués à se faire obéir, il avait lui-même veillé à ce qu'on lui offre une des plus jolies suites, et avait même été jusqu'à l'y accompagner.

C'est au moment précis où il lui avait négligemment frôlé

le bas du dos de la main, au sortir de l'ascenseur, qu'un autre frisson l'avait traversée, telle une décharge électrique irrépressible. Elle avait tressailli comme s'il l'avait brûlée et s'était écartée, tout en se traitant mentalement d'idiote.

Il lui avait lancé un regard pénétrant et avait laissé retomber sa main, mais, Dieu merci, il n'avait pas fait de commentaire.

A présent, Lizzie allait reprendre ce même ascenseur afin de rejoindre le salon de l'hôtel où les invités se rassemblaient pour boire un cocktail avant de gagner l'opéra. Lizzie, qui durant toute la semaine écoulée avait mis un point d'honneur à éviter de croiser le chemin de Luciano De Santis, savait bien que, cette fois, elle n'y parviendrait pas. Il y avait trop peu de convives, l'ambiance de la soirée serait trop intime.

Il n'y avait plus qu'à espérer qu'elle ne se mettrait pas bêtement à frissonner dès qu'elle l'apercevrait…

Alors qu'elle attendait toujours, son attention se porta sur le miroir mural fixé près de la cage d'ascenseur. Elle souffla sur une boucle rebelle qui caracolait sur son front, en vain. Elle aurait dû avoir le courage de se faire un chignon bien serré, mais l'idée de se cribler la tête d'épingles… Mais maintenant, ses cheveux moussaient autour de son visage, lui donnant l'air encore plus pâle et faisant paraître immenses ses yeux gris-vert.

« On dirait un lapin terrorisé ! » se moqua-t-elle en plissant le nez devant la glace.

A cet instant précis, les portes de l'ascenseur s'ouvrirent sur la haute silhouette de Luciano De Santis *en personne.* Leurs regards se heurtèrent et, consciente d'avoir été surprise en train de faire des grimaces dans la glace, Lizzie sentit ses joues s'échauffer d'un coup.

— Oh ! bredouilla-t-elle. Je… Bonsoir !

Les yeux noirs piquetés de paillettes dorées reflétèrent un bref amusement.

— Bonsoir, Elizabeth, dit Luciano de sa voix teintée d'un léger accent. Vous descendez ?

Elle acquiesça et pénétra dans la cabine. Tandis que les portes coulissaient, elle s'autorisa à laisser glisser son regard sur Luciano, sensationnel dans son costume de soie noire. Appuyé avec nonchalance contre la cloison, il aurait dû paraître moins grand. Mais non. Il emplissait cet espace exigu de sa présence magnétique.

Le silence retomba et l'on n'entendit plus que le doux chuintement de la machine. Nerveuse, Lizzie se mordit la lèvre inférieure.

— Vous êtes très belle, ce soir, déclara-t-il soudain à mi-voix.

Lizzie retint de justesse une moue dubitative. Elle savait très bien ce que Luc voyait lorsqu'il la regardait : l'amie pauvre, celle qui avait dû emprunter une robe à sa fiancée pour ne pas se ridiculiser à la Scala.

— Oh non, je ne crois pas ! répondit-elle avec une certaine sécheresse.

Heureusement, les portes s'ouvrirent sur le grand salon où le bar avait été aménagé. Les gens circulaient déjà autour des tables et des fauteuils en cuir du lounge.

— Je vous en prie, murmura Luc en lui faisant signe de passer.

Sa main droite lui effleura le bas du dos. Lizzie fit un pas en avant, mais il maintint sa main à cet endroit tandis qu'ils avançaient vers le bar, comme s'il était conscient de la réaction physique que cela produisait chez elle, comme s'il s'en amusait secrètement.

Le cœur battant, Lizzie focalisa son attention sur la première personne venue. Il s'agissait de Mme Moreno, la mère de Bianca, qui s'approchait, vêtue d'une robe noire très chic, le cou ceint d'un étincelant collier de diamant.

Elle salua son futur gendre d'un hochement de tête, puis se tourna tout de suite vers Lizzie et lui prit le bras :

— Vous voilà enfin, Lizzie. Je dois absolument vous parler.

— C'est à propos de Bianca, n'est-ce pas ? Qu'a-t-elle fait encore ?

Prononcée d'un ton indulgent, cette petite plaisanterie tomba à plat lorsque Luciano intervint d'une voix irritée :

— Rien de grave, j'espère ?

Lizzie comprit qu'elle aurait mieux fait de se taire. Sofia Moreno avait pâli. Lizzie, qui avait déjà remarqué que la mère de Bianca n'était pas très à l'aise en présence de son futur gendre, chercha à détendre l'atmosphère :

— Je disais cela comme ça, vous savez.

— Je vais vous laisser, puisque vous avez des confidences à vous faire, répliqua Luciano qui, après s'être incliné devant les deux femmes, tourna les talons.

Dans le dos de Lizzie, la sensation de tiédeur s'évanouit. Incapable de détourner son regard, elle le vit s'éloigner en direction d'un groupe d'amis qu'il avait manifestement l'intention de saluer. Mais Sofia réclama bientôt son attention :

— Lizzie, il faut me dire ce qui ne va pas avec Bianca ! Elle se comporte vraiment de manière étrange et je n'arrive pas à lui arracher une parole aimable. Elle devrait être ici, aux côtés de Luciano, pour accueillir les invités. Mais quand je suis passée dans sa chambre après avoir été frapper à la porte de la vôtre, elle m'a répondu qu'elle n'était pas encore habillée !

— Elle avait la migraine ce midi, et elle est allée se reposer. Peut-être s'est-elle endormie ?

— Il est vrai que les draps du lit étaient tout chiffonnés… Elle n'était même pas coiffée, et elle m'a répondu sur un ton !

— Donnez-lui encore un peu de temps, conseilla Lizzie

d'une voix conciliante. Si elle n'arrive pas d'ici quelques minutes, j'irai voir de quoi il retourne.

— Etant donné sa mauvaise humeur, je crois que vous serez la seule à oser le faire, *cara* !

Ah bon ? N'était-ce pas plutôt le rôle de son fiancé ? s'étonna Lizzie, pendant que Sofia Moreno l'entraînait vers le bar.

Son époux Giorgio accueillit chaleureusement Lizzie et lui présenta un cousin de Bianca dont elle n'avait pas encore fait la connaissance. Il se nommait Vito Moreno et avait à peu près son âge. D'un abord plaisant, il avait des yeux très bleus qui riaient tout le temps.

— Ainsi c'est vous Elizabeth ! lui dit-il. C'est la première fois que nous nous rencontrons, mais j'ai déjà beaucoup entendu parler de vous.

— Vraiment ?

— Oui. Ma chère cousine assure que c'est grâce à vous si elle ne s'est pas mise à faire les quatre cents coups quand elle a quitté Sydney pour intégrer « l'école la plus snob du monde ! » selon elle.

— Vous faites donc partie de cette branche de la famille qui vit encore en Australie ? Je pensais bien avoir décelé un petit accent dans votre voix.

— Oui, j'étais le complice de Bianca avant que vous n'endossiez ce rôle.

— Ah, vous êtes *ce* cousin ? Moi aussi, j'ai beaucoup entendu parler de vous ! déclara Lizzie en riant.

— Et voilà, ma réputation est faite ! commenta Vito avec un soupir.

Une flûte de champagne se matérialisa soudain devant la jeune femme. Elle leva les yeux pour voir qui venait ainsi la lui proposer. Et son regard croisa celui de Luciano.

— Oh… merci, dit-elle en acceptant la flûte.

Il se borna à hocher la tête, salua également Vito Moreno, puis s'éloigna aussitôt, sa haute silhouette culminant nettement au-dessus des autres invités. Lizzie demeura troublée un moment, puis elle se rendit compte que Vito lui parlait et elle fit un effort pour se concentrer sur sa conversation.

Le temps passait. Les invités retardataires étaient arrivés, mais de Bianca, nulle trace. Finalement, les gens commencèrent à échanger des regards surpris et à regarder leur montre.

Le regard de Lizzie glissa vers Luciano De Santis. Il se tenait à l'écart et parlait dans son téléphone portable. A sa mine fermée, on voyait tout de suite que quelque chose n'allait pas. Etait-il en train de se disputer avec Bianca ? C'était fort possible. Lizzie s'était déjà rendu compte qu'il était agacé par le manque de ponctualité de sa fiancée.

« Ma foi, il s'y habituera », songea-t-elle en le voyant refermer son portable d'un geste sec, puis le glisser dans la poche de sa veste.

Bianca semblait n'avoir aucune notion du temps et un sens de l'orientation épouvantable. Luciano pourrait s'estimer heureux si elle arrivait à l'heure à l'église la semaine prochaine !

Les secondes s'égrenaient. Lizzie se surprit à vouloir jeter un coup d'œil furtif à sa montre, elle aussi. Non loin, Sofia Moreno lui lançait des regards suppliants, et Lizzie s'apprêtait à s'excuser auprès de Vito sous un prétexte quelconque quand un murmure s'éleva du côté de l'ascenseur.

Tout le monde se tourna dans cette direction et le bruit des conversations cessa aussitôt. Car Bianca se tenait là, époustouflante dans une robe en lamé doré qui bouillonnait autour de ses fines chevilles. Ses longs cheveux noirs étaient coiffés dans un style très simple qui dégageait son visage à l'ovale parfait et mettait en valeur son cou de cygne. Des diamants étincelaient à ses oreilles et sur sa gorge.

Il ne lui manquait plus qu'un diadème pour avoir l'air d'une princesse de conte de fées.

Ses grands yeux chocolat passèrent sur la petite foule d'invités, puis elle plissa les lèvres dans une adorable moue d'excuse.

— Bonsoir tout le monde. Désolée d'être si en retard, dit-elle à la cantonade.

Un murmure indulgent lui répondit. Luciano se dirigea vers Bianca et, parvenu à sa hauteur, il lui saisit la main pour la porter à ses lèvres. Les mots qu'il lui murmura firent briller les yeux de la jeune fiancée dont les lèvres roses frémirent.

Il était amoureux d'elle, se rendit compte Lizzie. Et soudain, une sensation bizarre lui étreignit le cœur. Perturbée, elle se détourna du couple et fut soulagée de sentir cette étrange sensation s'évanouir.

Bientôt, un cortège de limousines noires emporta le flot d'invités à la Scala. Très vite, Lizzie comprit que Vito Moreno avait visiblement pour mission de l'escorter toute la soirée. Au demeurant, elle ne s'en plaignait pas, car il était charmant et attentionné. Il la faisait rire et, à mesure que la nuit avançait, elle se détendit et se rendit compte qu'elle prenait vraiment du bon temps.

Le spectacle fut d'une beauté indicible. Lizzie apprécia sans réserve cette expérience magique qui la transporta dans un monde où régnait la musique des grands maestros. Ensuite, ils allèrent dîner dans un somptueux *palazzo* des environs de Milan, qui datait du XVIe siècle. Pour Lizzie, tout se déroulait un peu comme dans un rêve brillant et merveilleux qui n'avait rien à voir avec son quotidien… Le repas terminé, un orchestre joua de la musique et des couples se mirent à danser.

Lizzie, dont Vito n'avait cessé de remplir le verre, se sentait un peu grisée par l'alcool quand Luciano De Santis vint l'inviter à danser.

L'espace d'une seconde, elle chercha une excuse, n'importe

laquelle, pour refuser. Mais déjà, il la prenait par la main et l'obligeait à se lever.

— Allons, venez, lui dit-il d'un ton sec. Il est d'usage que le fiancé danse au moins une fois avec la demoiselle d'honneur.

« Oui… après la célébration du mariage ! » aurait voulu objecter Lizzie. Mais ces maudits frissons étaient de retour, elle avait le souffle court et ne put que le suivre sur la piste où il l'enlaça d'un bras autoritaire.

Les lumières étaient tamisées. La chanteuse, une contralto au timbre sensuel, susurrait une ballade romantique. Le cœur de Lizzie palpita de plus belle comme Luciano l'entraînait au rythme langoureux de la musique. Elle ne pouvait nier l'effet qu'avaient sur elle la tiédeur de son corps viril et la dureté de ses muscles sous ses doigts frémissants.

Au bout d'une minute, il la taquina :

— Détendez-vous. Danser n'est pas un supplice, que je sache.

Elle se sentit rougir sous son regard malicieux et balbutia :

— C'est juste que… je n'ai pas l'habitude de…

— D'être serrée dans les bras d'un homme ? se moqua-t-il encore.

— Non, de danser avec des talons hauts ! corrigea-t-elle vivement. Et merci beaucoup ! Ce n'était pas très galant de votre part.

Son rire résonna et les vibrations se répercutèrent dans la poitrine de la jeune femme.

— Vous êtes une étrange jeune personne, Elizabeth Hadley. Avec moi, vous êtes toujours sur la défensive, mais avec un don Juan comme Vito Moreno, vous riez à gorge déployée.

— Vito n'est pas un don Juan. Il est beaucoup trop bien élevé.

— Ah oui ? Composez n'importe quel numéro de téléphone de Sydney et citez son nom, vous verrez bien.

Là, ce n'était plus de l'ironie, mais du sarcasme, nota Lizzie, qui s'entêta :

— Je l'aime bien.

— Je vois. Il a commencé à vous séduire.

— Vous êtes méchant !

Il inclina soudain la tête, approchant ses lèvres tout près de sa joue. Il était si proche qu'elle sentait le parfum musqué de son eau de toilette.

— Je vais vous dire un secret, *mia bella*. En effet, je ne suis pas quelqu'un de très gentil.

— En tout cas, j'espère que vous le serez au moins avec Bianca !

Il se redressa en riant et la serra plus étroitement. Etait-ce la faute de ces verres de vin qu'elle avait bus un peu trop vite ? Toujours est-il que Lizzie avait une conscience aiguë de la moindre sensation physique. Même le toucher satiné du revers de la veste de Luciano la fascinait, tout comme la blancheur immaculée de sa chemise impeccable ou la teinte hâlée de sa peau, là, juste au-dessus de son col…

Il était tout simplement superbe. Inutile de le nier, tout en lui était parfait, de ses épais cheveux bruns, souples et brillants, à ce nez patricien et à cette bouche au dessin voluptueux.

Près de l'orchestre, la chanteuse continuait sa mélodie sensuelle et nostalgique. Lizzie sentait la musique s'infiltrer en elle, aussi capiteuse que le vin qu'elle avait bu toute la soirée. Stupidement, elle ferma les yeux et se laissa emporter par les bras puissants de Luciano.

Sans même en avoir conscience, elle se mit à caresser le revers de sa veste. Elle était tout contre lui, et elle se laissait guider, docile, abandonnée. C'était merveilleux. Elle était bien… si bien…

Tellement bien que lorsqu'elle sentit sa bouche entrer en contact avec le cou de Luciano, elle entrouvrit les lèvres et, avant de se rendre compte de ce qu'elle faisait, elle goûta la saveur épicée de sa peau.

Puis, rouvrant brusquement les yeux, elle se rejeta en arrière, horrifiée et mortifiée au plus haut point d'avoir perdu à ce point la maîtrise d'elle-même.

Elle venait d'embrasser le fiancé de Bianca dans le cou !

2.

— Oh mon Dieu ! murmura-t-elle, atterrée.

Ils ne dansaient plus. Et il la considérait avec un insupportable sourire narquois.

Lizzie aurait voulu que le sol s'entrouvre pour l'engloutir à tout jamais.

— Je suis… désolée !

— A dire vrai, je suis plutôt flatté. Mais je me félicite de vous avoir emmenée sur la terrasse où personne n'a pu vous voir !

Sur la terrasse ?

Désorientée, Lizzie pivota sur elle-même et découvrit qu'en effet, ils se trouvaient sur une terrasse ombragée dont elle ignorait jusqu'à l'existence quelques secondes plus tôt. Il fallait vraiment qu'elle soit partie très haut dans les nuages — peut-être même jusqu'au paradis —, pour ne pas s'être aperçue qu'ils avaient quitté la salle pour sortir au grand air !

Chancelante, elle fit un pas en arrière. La musique lancinante bourdonnait au loin. Lizzie se sentait ridicule. Elle aurait voulu mourir et ne pouvait se résoudre à regarder Luciano dans les yeux. Elle n'avait pas la moindre idée de ce qu'elle aurait pu dire pour se justifier !

Lui, en revanche, semblait parfaitement à son aise, appuyé

contre la balustrade de pierre. On avait même l'impression que la situation l'amusait énormément.

Ce fut lui qui finit par lui trouver une excuse :

— Vous étiez sans doute… un peu ivre ?

— Oui… c'est cela. Je… je n'ai pas l'habitude de boire, acquiesça-t-elle avec une gratitude pathétique.

— Hum. Je vois.

— Et Vito…

— … n'a pas cessé de vous resservir.

— Non, pas du tout ! Du moins… je ne pense pas.

— Pauvre Elizabeth ! murmura-t-il avec une froide compassion. C'est l'un des pièges les plus vieux du monde et vous tombez tout droit dedans.

Drapée dans sa dignité en lambeaux, Lizzie se tourna vers la porte-fenêtre qu'elle n'avait pas eu conscience de franchir quelques instants plus tôt.

— Je crois que nous devrions…

— Retourner à table ? Pour continuer de vider les verres que Vito vous remplira ?

Lizzie serra les poings.

— Vous avez vraiment un sens de l'humour déplorable !

— Et vous, *signorina*, vous avez les lèvres les plus douces du monde.

Elle ne voulait plus en entendre davantage : elle en avait assez qu'il se moque ainsi d'elle ! Déterminée, elle marcha vers la porte-fenêtre.

— Que trafiquez-vous ici, tous les deux ?

Bianca venait d'apparaître sur le seuil, la mine soupçonneuse. Lizzie se figea sur place. Elle se sentait tout à coup affreusement mal face à son amie, sa *meilleure* amie, si amoureuse de son beau fiancé…

— Ta demoiselle d'honneur étouffait, elle a eu besoin de respirer un peu d'air frais, répondit Luciano d'un ton égal.

Bianca se radoucit et reporta un regard compatissant sur Lizzie qui en éprouva un regain de culpabilité.

— Ma chérie, tu ne te sens pas bien ? C'est vrai que tu as les joues toutes rouges.

— La faute à ton charmant cousin, rétorqua Luciano. Il n'arrête pas de la resservir en vin. J'ai vu son petit manège toute la soirée.

— Vito ? On ne le changera pas, celui-là. Et moi qui lui ai demandé de prendre soin de Lizzie ce soir…

Bianca s'approcha de son amie pour lui passer un bras autour des épaules et ajouta, taquine :

— Avec un père si puritain, tu ne dois pas avoir l'habitude de faire la fête tard dans la nuit, n'est-ce pas *cara* ? J'imagine que d'ordinaire, tu ne bois pas une goutte d'alcool.

— Mon père n'est pas puritain, il prône juste la modération en toutes choses, protesta Lizzie, de plus en plus mal.

— Tu plaisantes ? C'est un moraliste ! Je m'étonne encore qu'il t'ait laissé venir ici, à Milan, sachant que tu allais passer deux semaines à t'amuser ! Il a même fallu que je te prête des vêtements pour que tu ne sois pas obligée de porter ces espèces de sacs informes qu'il préfère te voir mettre.

Bianca ne faisait aucun effort pour masquer l'antipathie qu'elle éprouvait vis-à-vis du père de Lizzie qu'elle tenait pour responsable de sa rupture avec Matthew, intervenue deux ans plus tôt.

Une fois de plus, Lizzie aurait voulu disparaître sous terre. Mais c'était sans doute une juste punition pour avoir embrassé le fiancé de son amie…

Contre toute attente, ce fut Luciano qui vola à son secours :

— Ça suffit, Bianca. La discrétion et la pudeur ne sont pas des péchés. Et ton amie … a la migraine. Je ne pense pas que cela s'arrange si tu t'obstines à discuter de choses gênantes pour elle.

— Désolée Lizzie, je parle toujours sans réfléchir ! dit Bianca d'un air contrit. Tu sais quoi, je devrais te raccompagner à l'hôtel. Cela nous fera du bien de nous coucher tôt, et Luc n'y verra pas d'inconvénient, n'est-ce pas *caro* ?

— Non, bien sûr.

La situation n'aurait pu être pire, se désespérait Lizzie. Bianca, qui ne doutait pas un instant de sa « loyale » amie, venait en prime de lui présenter ses excuses !

— Oh Bianca, tu ne peux pas quitter ta propre fête ! se récria-t-elle. Non, je… Vito m'a dit tout à l'heure qu'il comptait partir tôt car il souffrait du décalage horaire. Je vais plutôt lui demander de me raccompagner.

— Ta-ta-ta ! contra Bianca avec obstination. Vito n'a qu'à venir avec nous si cela lui chante, je lui dirai ce que je pense de sa façon de veiller sur ma meilleure amie. Luc va nous appeler une limousine.

Luciano De Santis se redressait déjà, prêt à satisfaire le désir de sa fiancée. Lizzie frémit intérieurement et n'eut pas le courage de croiser son regard lorsqu'il passa devant elle pour se diriger vers la salle.

Elle avait *besoin* de se confier à quelqu'un, mais qui ? Bianca serait choquée. Elle ne lui pardonnerait sans doute pas sa traîtrise et ce serait la fin de leur amitié. D'un autre côté, si c'était Luciano qui mentionnait ce qui s'était passé parce que lui n'y voyait qu'une anecdote amusante, Bianca reprocherait à Lizzie d'avoir tenté de dissimuler l'incident.

Seigneur, comment allait-elle se tirer de ce mauvais pas ?

Un peu plus tard, alors que Bianca et Vito montaient à bord de la limousine, Luciano effleura le bras de Lizzie.

— Ne lui dites rien, elle ne vous le pardonnerait pas, lui murmura-t-il, comme s'il avait lu dans son esprit. Et surtout, si vous avez deux sous de bon sens, tenez-vous à l'écart de Vito Moreno !

Puis il se pencha pour donner un bref baiser à sa fiancée assise sur la banquette et lui souhaiter bonsoir. Lizzie prit place à son tour dans le luxueux véhicule qui démarra peu après. Durant le trajet, elle fit semblant de somnoler, heureuse que Vito soit là pour meubler la conversation. Elle eut vaguement conscience que lui et Bianca échangeaient des propos assez vifs à voix basse. Son amie devait sermonner son cousin, comme elle avait promis de le faire un peu plus tôt, supputa Lizzie, qui ne chercha pas à tendre l'oreille. Elle avait vraiment mal à la tête, le genre de migraine qui vous tombe dessus quand vous regrettez amèrement quelque chose et que vous vous haïssez.

Parvenus à l'hôtel, les deux cousins décidèrent d'aller prendre un dernier verre au bar avant d'aller se coucher. Lizzie s'éclipsa de son côté et passa la nuit la tête sous l'oreiller à tenter d'oublier l'immonde forfait dont elle s'était rendue coupable.

Mais au matin, Lizzie découvrit qu'elle aurait mieux fait d'écouter ce que Bianca et Vito s'étaient dit la veille. Ainsi aurait-elle pu au moins essayer de dissuader son amie de commettre la plus grosse erreur de sa vie…

L'enfer se déchaîna à partir du moment où des coups pressants furent frappés à sa porte. Ensuite Lizzie, impuissante, ne put qu'écouter Sofia Moreno lui raconter le désastre, entre sanglots et cris hystériques :

— Elle est partie. Partie ! Au beau milieu de la nuit, elle a fait sa valise et a quitté l'hôtel ! Comment a-t-elle pu nous faire cela ? Comment a-t-elle osé ? Et Luciano ? Elle vient de détruire un avenir qui s'annonçait brillant et… Oh, je ne peux pas le supporter ! Et votre imbécile de frère, de quel droit est-il venu tout gâcher ?

Lizzie faillit s'en étrangler.

— M… Matthew ? bégaya-t-elle. Mais que vient-il faire là-dedans ?

— Apparemment, il est arrivé hier soir à l'hôtel. Il s'est caché dans la salle de bains de Bianca quand je suis passée la voir, hier soir, avant de partir pour la Scala. Vous imaginez un peu ? Elle n'était pas habillée et le lit était défait ! *Dio mio*, ce n'est pas difficile d'imaginer ce qu'ils venaient de faire ! Etiez-vous au courant de ce qu'ils tramaient, Elizabeth ? Répondez !

Lizzie redressa les épaules avec fierté.

— Non ! Je suis aussi stupéfaite que vous, Sofia !

— Eh bien, j'espère que vous me dites la vérité, reprit froidement la mère de Bianca. Car je ne vous pardonnerai jamais s'il s'avère que vous avez joué un rôle dans cette sordide histoire !

— Je pensais… au début, j'ai cru que vous vouliez dire qu'elle était partie avec Vito, murmura Lizzie.

— Vito ? Mais c'est son cousin ! Ne racontez pas n'importe quoi, je vous en prie ! La situation est bien assez pénible comme ça.

Lizzie murmura une excuse, et Sofia se mit à sangloter de plus belle.

— Et maintenant, il va falloir avertir Luciano, gémit-elle. Bianca lui a laissé une lettre, mais il est parti pour sa villa du lac de Côme hier soir, afin de préparer notre arrivée prévue pour demain. Et mon mari s'est rendu à un rendez-vous d'affaires en ville ! Il ne sait même pas que, pendant que nous dormions tranquillement, sa dévergondée de fille a ruiné nos vies à tous !

La villa De Santis était perchée sur un promontoire rocheux. En cette fin d'après-midi, les rayons du soleil donnaient un reflet orangé à ses murs jaune pâle qui se découpaient contre le ciel.

Le cœur serré, Lizzie descendit du bateau-taxi qui venait de la déposer sur le ponton privé de la villa. Un autre bateau était amarré là, une vedette flambant neuve à la ligne fuselée auprès de laquelle le bateau-taxi avait l'air d'une vieille guimbarde délabrée.

Le père de Bianca avait pris des dispositions pour qu'une voiture amène la jeune femme jusqu'à la petite ville de Bellagio. Ils avaient discuté pour savoir s'ils devaient prévenir Luciano par téléphone, puis avaient décidé d'un commun accord qu'il valait mieux lui annoncer la mauvaise nouvelle de vive voix. Au début, il avait été question que Giorgio Moreno entreprenne le voyage lui-même, mais cette perspective l'avait visiblement tant abattu que Lizzie n'avait pu faire autrement que de proposer de s'y rendre à sa place.

Le petit frisson désormais familier la parcourut alors qu'elle s'approchait du haut portail en fer forgé derrière lequel devaient se trouver les marches qui permettaient l'accès à la ville. Derrière Lizzie, un vrombissement de moteur l'informa que le bateau-taxi s'en allait déjà sur les eaux sombres du lac.

Une sensation lugubre l'envahit et lui donna l'impression d'être sur le point de franchir les portes de l'enfer.

Soudain, une silhouette se profila derrière la grille, et Lizzie s'immobilisa sous le regard perçant qui la jaugeait. Elle ne devait pas avoir fière allure avec ses cheveux ébouriffés, son T-shirt et son pantacourt tout chiffonnés, enfilés à la va-vite ce matin quand Sofia avait tambouriné à sa porte.

— Puis-je vous aider, *signorina* ? s'enquit le gardien dans un italien poli.

— J'apporte une lettre au *signor* De Santis, expliqua Lizzie. Je m'appelle Elizabeth Hadley.

Nerveuse, elle se mordilla la lèvre tandis que l'homme

passait un rapide coup de fil à l'aide de son téléphone portable. Enfin il déverrouilla la porte.

— Vous pouvez entrer, *signorina.*

Lizzie murmura un remerciement et s'apprêtait à passer quand elle se rappela tout à coup :

— Il me faudra un autre bateau-taxi pour repartir tout à l'heure. Je n'ai pas osé demander au pilote de m'attendre…

— Cela ne posera pas de problème, assura le gardien avec gentillesse.

Sur un nouveau « merci », Lizzie reprit sa route et découvrit un escalier taillé à même la roche, usé par les ans et les multiples passages. Parvenue au sommet de la colline, elle déboucha sur une vaste étendue de pelouse verdoyante qui se prolongeait par un jardin. Une allée serpentait entre les massifs soigneusement entretenus. Au-delà, une terrasse baignée de soleil bordait la façade de la villa dont les hautes fenêtres étaient ouvertes pour permettre à la brise en provenance du lac de rafraîchir l'atmosphère de la maison.

Bien que l'endroit fût magnifique, Lizzie était trop mal à l'aise pour en profiter vraiment. Un autre employé l'attendait en haut des marches. Il s'inclina pour la saluer et la pria de le suivre.

A l'intérieur de la villa, il régnait une agréable fraîcheur. La décoration dans des tons chauds comprenait de beaux tableaux aux teintes lumineuses. L'employé s'arrêta devant une lourde porte de bois, frappa, ouvrit le battant, puis s'effaça pour laisser entrer Lizzie.

Cette dernière prit une profonde inspiration avant de pénétrer dans la place. Elle se trouvait maintenant dans une très belle pièce au haut plafond de stuc orné de moulures et de rosaces. Les grandes fenêtres laissaient entrer à flot la lumière de cette superbe journée dont l'éclat se reflétait sur les murs clairs. Les meubles de bois sombres, bien cirés, luisaient doucement, à l'instar du parquet qui fleurait bon la cire d'abeille. Sur le côté droit, des niches aménagées en étagères abritaient de nombreux livres. Et sur le mur du fond se détachait une imposante cheminée en pierre.

Le regard de Lizzie passa sur l'élégant canapé de velours rouge sombre et ses fauteuils assortis, avant de se fixer sur l'immense bureau sculpté placé entre deux fenêtres… et enfin sur l'homme qui se tenait debout derrière, la mine sombre, silencieux.

Au premier coup d'œil, elle comprit qu'il était déjà au courant pour Bianca. Sans même la saluer, sans chercher le moins du monde à lui faciliter la tâche, il jeta :

— Il paraît que vous avez une lettre pour moi ?

— Comment… comment se fait-il que vous sachiez…

— Elle allait devenir ma femme et cette position la rendait vulnérable vis-à-vis de certaines personnes malintentionnées. Par conséquent, elle a toujours été sous la surveillance constante de mon équipe de sécurité.

Et ses vigiles n'avaient pas empêché Bianca de s'enfuir avec Matthew ? Pourquoi ? Lizzie aurait voulu poser la question, mais à le voir ainsi dressé derrière son bureau, dans son austère costume d'homme d'affaires, ses traits figés dans une expression indéchiffrable, elle n'osait s'aventurer sur ce terrain dangereux.

Il lui fallut se faire violence pour s'approcher et poser la lettre sur le plateau du bureau. Luciano s'en saisit, puis, au bout de quelques secondes, déchira l'enveloppe d'un geste saccadé.

Ensuite, ce fut un long silence pénible qui s'éternisa tandis qu'il prenait connaissance des mots que Bianca avait à la hâte couchés sur le papier pour lui signifier la rupture de leurs fiançailles.

— Je suis… navrée, dit enfin Lizzie, tout en ayant

conscience de ce que ce mot avait de dérisoire face à la situation.

Il reposa la lettre, releva la tête. Ses yeux noirs étincelaient.

— Vous ne vous en doutiez pas du tout ? voulut-il savoir.

— Non, je vous assure.

— Et ses parents ?

— Pas davantage. Vous étiez présent à la soirée d'hier, vous l'avez vue comme nous. Elle semblait radieuse, elle…

— Oui. Ma future épouse exultant à l'idée du beau parti qu'elle venait de décrocher ! l'interrompit-il avec un sourire sardonique.

Lizzie baissa les yeux sans répondre. Il était évident que Bianca avait joué la comédie afin de berner son monde. Maintenant, le souvenir de cette fête si chic et romantique semblait être un pied de nez adressé au fiancé délaissé… Bianca avait paradé telle une princesse dans sa robe dorée, elle s'était pendue au bras de cet homme, rayonnante, des étoiles au fond des yeux. Visiblement amoureuse. Et chacun avait souri en songeant qu'ils formaient un couple formidable. Même Luciano, d'ordinaire si réservé et distant, avait paru subjugué par sa ravissante fiancée. Lizzie avait même été un peu jalouse. Rares étaient les femmes qui avaient la chance de vivre leur rêve de petite fille et d'épouser le prince charmant !

Luciano De Santis n'était pas un prince, mais il en avait le physique, la prestance et l'immense fortune. Et il provenait d'une famille qui, depuis des siècles, bénéficiait du respect des plus grands de ce monde. Ce que Bianca appelait « une dynastie ».

— Je l'épouse parce que j'ai le pedigree qui convient, avait-elle déclaré non sans cynisme.

— Mais… tu l'aimes, n'est-ce pas ? avait demandé Lizzie, choquée.

Bianca avait ri :

— Tu plaisantes, *cara* ! Tu ne l'as donc pas regardé ? Quelle fille normalement constituée ne tomberait pas amoureuse de Luc ? Toi-même tu succomberais si l'occasion t'en était donnée.

Ces paroles résonnaient encore dans la mémoire de Lizzie et accentuaient le sentiment de culpabilité qui ne la lâchait pas depuis la veille. Elle avait bien conscience d'être fascinée par cet homme. Et elle comprenait seulement aujourd'hui que Bianca, par sa réaction espiègle, avait seulement évité avec habileté de lui donner une réponse claire.

Face à elle, Luciano venait de reprendre la lettre. Tandis qu'il la relisait, Lizzie guetta sur son visage les signes d'une quelconque émotion. En vain. Ses narines palpitaient légèrement, c'était l'unique détail qui trahissait sa colère. Car il était bel et bien furieux, ce qui se comprenait aisément. Quant à savoir s'il avait le cœur brisé… c'était plutôt difficile à dire. Il lui était toujours apparu comme quelqu'un d'insensible. Froid, distant, arrogant, tels étaient les adjectifs qui semblaient le mieux définir sa personnalité, mais ce n'était que l'apparence qu'il voulait bien offrir.

Que ressentait-il vraiment ?

Mystère.

Le silence lui pesait de plus en plus. Lizzie savait qu'elle aurait dû prendre congé, maintenant qu'elle s'était acquittée de sa mission, mais pour une obscure raison, elle n'avait pas envie de s'en aller. Elle se sentait toujours responsable, même si sa raison lui disait le contraire. Et elle avait pitié de Luciano, tout en sachant qu'il la rejetterait certainement avec mépris si elle osait le lui montrer.

En fait, c'était un homme étrange. Ce n'était pas la première fois qu'elle se faisait cette réflexion. En dépit de sa fortune, de son influence et de la place prépondérante qu'il occupait dans la haute société italienne, il lui était toujours apparu comme quelqu'un de solitaire. Même lorsqu'il était en compagnie de Bianca, il conservait cette réserve immuable dont elle ne l'avait jamais vu se départir.

— Vous vous demandez peut-être… ce qu'il est advenu de la bague de fiançailles ? avança-t-elle après une longue hésitation.

— Pas du tout. Puisque Bianca s'est enfuie avec un type sans le sou, je ne me fais aucune illusion sur le sort de la bague.

Lizzie tressaillit et ses joues s'enflammèrent. Il se trouvait quand même que l'amant de Bianca était son frère ! Elle se sentit obligée de prendre sa défense :

— Matthew n'est pas sans le sou !

— Selon vos critères ou les miens ?

Lizzie sentit la colère monter en elle. Avait-il besoin d'être si arrogant ? En tout état de cause, il valait mieux qu'elle s'en aille avant que leur confrontation ne dégénère.

— Ecoutez, je crois que je ferais mieux…

— De fuir, comme les deux autres ?

— Je ne veux pas risquer de m'énerver…

— Tiens donc ! Vous auriez donc du caractère ?

Avant qu'elle n'ait pu prévoir son mouvement, Luciano avait contourné le bureau et était venu se planter devant elle, bras croisés sur la poitrine. Sur le bureau reposait la lettre de Bianca abandonnée.

Tout à coup, Lizzie eut terriblement conscience de sa mise négligée. Et sa colère s'en trouva amplifiée. Oui, elle avait saisi les premiers vêtements qui lui étaient tombés sous la main ce matin. Non, elle n'avait pas eu le temps de se maquiller étant donné l'urgence de la situation. Et alors ? Aurait-il mieux fait à sa place ?

— Depuis une semaine que vous êtes en Italie, je vous ai

observée et je vous ai vue jouer les anges gardiens auprès de Bianca qui est lunatique et irréfléchie. Vous savez parfaitement vous y prendre pour la calmer ou la rassurer. Pas une seule fois je ne vous ai vue sur le point de perdre patience avec elle, alors qu'elle ne se prive pas de se moquer de vous ou de vous mettre dans des situations embarrassantes. Alors pourquoi sortiriez-vous de vos gonds avec moi ?

— Vous vous en prenez à ma famille.

— A votre frère seulement. N'est-ce pas légitime dans ma position ?

Bien sûr, elle ne pouvait lui donner tort. Ici, en Italie, son mariage était censé être « le » mariage de l'année. Et maintenant, tous les médias allaient s'emparer de l'affaire et s'en donner à cœur joie. Pensez donc, la fiancée s'était sauvée avec le frère de la demoiselle d'honneur !

— Vous avez le droit de haïr mon frère, concéda-t-elle, et même d'être en colère contre moi parce que je suis sa sœur. Mais je ne tolérerai pas que vous nous dénigriez parce que nous ne possédons pas votre fortune.

— Dans ce cas, je vous présente mes excuses.

Lizzie n'en crut pas un mot. Néanmoins, elle répondit :

— Je les accepte. Et maintenant, si vous n'y voyez pas d'objection, je vais…

— Par quel moyen êtes-vous venue à la villa ?

— J'ai pris le bateau-taxi depuis Bellagio.

— Alors vous êtes coincée ici jusqu'à ce que je demande qu'une autre embarcation vienne vous chercher.

Sidérée, elle bégaya :

— Mais… votre gardien, tout à l'heure… il m'a dit…

— Mon gardien dit ce qu'il veut, mademoiselle Hadley. Mais ici, les ordres, c'est moi qui les donne. Compris ?

Lizzie ouvrit la bouche pour protester, puis la referma soudain. Allait-elle croiser le fer avec lui ? Le simple bon sens aurait voulu qu'elle esquive. Elle n'était tout simplement pas de taille contre un tel adversaire. Lui vivait dans le luxe de cette villa somptueuse, au bord du lac de Côme, ou encore dans son bel appartement de Milan. Elle savait par Bianca qu'il était également propriétaire d'au moins trois autres demeures à l'étranger. Et il possédait même son propre jet privé pour les besoins de ses voyages d'affaires.

Et en contrebas de l'escalier de pierre, au bout du ponton, se trouvait son superbe hors-bord blanc qui, en dix minutes à peine, l'aurait ramenée sur l'autre rive. Or il ne la ferait pas bénéficier de ce moyen de locomotion, parce qu'il était furieux, qu'il avait besoin d'un bouc émissaire et que, fort à propos, elle se trouvait là.

— Vous devenez mesquin, articula-t-elle.

— Vert émeraude, murmura-t-il, les yeux fixés sur elle.

— Pardon ?

— Quand vous êtes en colère, vos yeux virent au vert émeraude. La plupart du temps, ils sont plutôt gris.

— C'est vous qui me mettez en colère !

— Vous saviez depuis le début ce que Bianca et votre frère mijotaient.

— Non ! Je vous le répète, je n'en savais rien.

— Je ne vous tenais pas pour une menteuse, Elizabeth.

— Je ne mens pas ! Je suis tombée des nues en apprenant la nouvelle ce matin. Mais j'avoue que je m'en veux parce que justement je n'ai rien senti venir…

— Parce que vous saviez qu'ils étaient amants ?

— Oui, admit-elle, décidée à jouer franc-jeu avec lui. J'étais au courant qu'ils avaient eu une liaison, il y a de cela plusieurs années.

— Je vois. Le premier grand amour, c'est ça ? laissa-t-il tomber avec dédain.

Et même plus que cela, songea Lizzie. Puis, ne sachant

comment échapper à son regard inquisiteur, elle reprit dans un soupir :

— Vous aviez raison de mentionner la différence de niveau de vie qui existe entre nous. Matthew ne sera jamais assez bien pour elle.

— Tandis que moi, je réponds à tous les critères exigés par les Moreno, c'est ce que vous voulez dire ?

Elle haussa les épaules. Que lui répondre ? Oui, il répondait exactement à tous ces critères. Contrairement à Matthew. Matthew, lui, venait de la classe moyenne anglaise. Il avait reçu une bonne éducation, mais c'était tout. Jusqu'à cette crise financière qui menaçait maintenant l'entreprise familiale, les Hadley avaient vécu dans un certain confort. Il était convenu que Matthew remplacerait leur père le jour où celui-ci prendrait sa retraite, et qu'il épouserait une fille issue du même milieu social que lui, une fille sans ambitions particulières, et qui n'aurait pas des goûts de luxe.

Mais Bianca… Bianca serait beaucoup plus exigeante. Elle avait toujours eu tout ce qu'elle voulait, et Matthew ne tarderait pas à être complètement dépassé. Son orgueil en pâtirait tant qu'il ne serait jamais heureux. Alors que cet homme qui se tenait face à Lizzie disposait d'une fortune colossale ; il se serait amusé de voir sa fantasque épouse jeter l'argent par les fenêtres et son ego de mâle serait demeuré solide comme le roc.

— Elle reviendra, promit-elle. Elle a juste besoin de temps pour… pour faire le tri dans sa tête.

— Dans sa tête ? Mais… dans son cœur ?

— Voyons, je suis sûre qu'elle vous aime. Simplement elle n'est pas prête à s'engager dans le mariage. Si vous patientiez un peu…

— Patienter ? Vous me demandez de patienter pendant qu'elle réfléchit de son côté ? Ai-je bien entendu, mademoiselle Hadley ?

Les yeux noirs la transperçaient, sous les sourcils arqués dans une expression ironique qui la fit frémir. Elle releva le menton.

— Eh bien, oui. Si vous tenez à elle…

— Dans ce cas, vous êtes vraiment une petite idiote à la cervelle farcie d'idées romantiques, parce que je vous garantis que cela ne se passera pas comme ça. Le mariage est prévu pour samedi prochain, et je vous promets qu'il aura lieu.

Sans la mariée ? Lizzie écarquilla les yeux.

— Vous voulez dire… que vous allez la poursuivre et la ramener de force… pour l'obliger à vous épouser ? balbutia-t-elle.

— Non, je vais juste trouver une autre femme.

Sur ces mots, il tourna les talons et contourna de nouveau le bureau pour se saisir de la lettre qu'il jeta négligemment dans la corbeille à papier. Lizzie en demeura estomaquée.

— Comme ça ? En… en claquant des doigts ? bredouilla-t-elle encore.

— Oui, comme ça, en claquant des doigts, confirma-t-il avec calme. Bien sûr, votre vie va changer et vous allez devoir prendre quelques dispositions le plus rapidement possible, mais je vous assisterai et ce ne sera pas insurmontable.

Elle le considéra sans répondre et il lui fallut plusieurs secondes pour comprendre la pleine signification des mots qu'il venait de prononcer.

Brusquement, elle recula de trois pas et s'exclama :

— Ma vie… est très bien comme elle est !

— Peut-être. Mais le sera-t-elle encore quand, dès demain, j'informerai les autorités que votre frère a vidé le compte en banque de votre entreprise familiale ? fit-il remarquer sans même élever la voix.

3.

— Ce… ce n'est pas drôle du tout ! s'écria Lizzie, furieuse et désarçonnée. Je sais que vous êtes en colère et terriblement déçu, je comprends que vous ayez besoin de vous défouler sur quelqu'un, mais ce n'est quand même pas une raison pour proférer de tels mensonges !

— Je ne mens pas.

— De nouveau, vous attaquez ma famille !

— Seulement votre frère, du moins pour le moment.

— Vous osez prétendre que mon père serait un escroc ? Pour qui vous prenez-vous ? Qu'est-ce qui vous autorise à dire une chose pareille ?

— Je me permets de vous rappeler que je suis banquier et qu'en tant que tel, je ne suis guère enclin à laisser mes émotions prendre le pas sur ma raison.

— Mais que… que…

Il la coupa.

— Laissez-moi vous expliquer. Bianca n'a jamais été dans le besoin, vous le savez ?

— Oui, bien sûr.

— Elle est aussi très naïve, et il suffirait juste d'un petit tour de passe-passe — disons pudiquement une « indélicatesse » financière —, pour la persuader que son amour d'enfance roule désormais sur l'or.

Très digne, Lizzie prit une profonde inspiration et rétorqua d'une voix frémissante :

— A mon humble avis, vous avez besoin de solitude pour vous reprendre et oublier les délires de votre cerveau pervers. Au revoir, Luciano.

Elle pivota. Mais, alors même qu'elle marchait en direction de la porte, il poursuivit :

— Vous étiez très proches l'une de l'autre, et cela a attisé ma curiosité. Alors j'ai décidé de faire procéder à une enquête sur vous et votre famille.

— Une… une enquête ? Mais une fois encore, de quel droit ? explosa-t-elle dans une brusque volte-face.

— Le droit du futur mari de Bianca, qui était plutôt… disons intrigué par votre amitié. En toute franchise, vous n'êtes pas vraiment le genre de fille que Bianca fréquente par ailleurs, mademoiselle Hadley. N'importe qui peut se rendre compte au premier coup d'œil que vous n'êtes pas nées du même côté de la barrière. Et pourtant vous voilà ici, à Milan, occupant une suite du meilleur hôtel de la ville, payée par les parents de Bianca. Vous portez des vêtements qu'elle vous a procurés pour ne pas paraître déplacée au milieu de ses riches amis. Et vous vous apprêtez à jouer le rôle envié de sa demoiselle d'honneur à son mariage.

— Je *m'apprêtais*, corrigea-t-elle méchamment.

— Si vous voulez. Voilà en tout cas pourquoi je me suis intéressé à votre cas. Et qu'ai-je découvert ? L'entreprise Hadley ne traverse pas seulement une crise passagère, comme on a voulu me le faire croire. Votre père est plongé dans les dettes jusqu'au cou. Quant à votre frère, il n'a nulle envie de reprendre l'affaire, même si c'est ce que tout le monde attend de lui.

— Matthew voulait devenir artiste…

— Cela ne m'étonne pas. Avec son allure de jeune premier et sa sensibilité à fleur de peau, il est parfait dans le rôle du chevalier servant qui a envoûté Bianca. Alors que vous… *vous*, vous avez la tête sur les épaules. Vous auriez très bien pu vous débrouiller pour que Bianca continue d'être éblouie par votre frère et n'apprenne pas qui il est en réalité.

Lizzie tremblait de rage. Elle n'avait qu'une envie, rebrousser chemin et gifler Luciano pour son impudence.

— Avez-vous fini de dénigrer ma famille ?

— Hautaine et fière… J'aime assez cela.

— Et moi, je vous déteste ! Bianca et moi sommes amies depuis nos douze ans. Nos milieux sociaux respectifs n'ont jamais posé de problème entre nous, parce qu'en amitié — la véritable amitié —, cela ne compte pas ! Les miens travaillent dur pour gagner leur vie, *signor*. Mon père ne perd pas son temps à sillonner le monde de fête en fête, au côté de créatures évaporées et de rombières bien pensantes, comme le play-boy dégénéré que vous êtes. Et si mon frère se distingue par ses aspirations artistiques, il peut au moins se targuer d'être aimé, *lui*. Tandis que vous, avec tous vos millions et votre arrogance, vous n'avez certainement jamais reçu d'affection de quiconque pour être devenu aussi méfiant et calculateur, au point d'enquêter sur les gens dans leur dos !

Luciano la considérait de son regard acéré qui filtrait entre ses paupières plissées.

— Play-boy dégénéré ? répéta-t-il, perplexe. Je suis curieux de savoir d'où vous tenez vos informations sur mon mode de vie et ma famille. Et en premier lieu, j'aimerais savoir dans quel but vous vous êtes renseignée sur mon compte.

Lizzie se pétrifia. Elle venait de donner tête baissée dans le piège. Les joues en feu, elle se détesta de perdre aussi facilement contenance, parce qu'elle était incapable d'assumer le fait d'avoir effectué de si longues recherches à son sujet sur internet.

— C'est… Bianca, prétendit-elle. Elle m'a dit qu'elle intégrait votre famille, votre… « dynastie », parce qu'elle avait le bon pedigree. Au début, j'ai cru qu'elle plaisantait. Mais aujourd'hui, je constate qu'elle était tout à fait sérieuse, au contraire. Dégénéré, oui vous l'êtes ! Sinon, en cet instant même, vous auriez le cœur brisé et vous chercheriez le moyen de faire revenir Bianca, au lieu de… au lieu de me faire cette proposition inouïe et… revancharde !

Elle bredouillait sous le coup de la fureur. Comme elle retombait dans le silence, haletante, il la considéra un moment avant de demander :

— Vous avez fini ?

Tremblante, Lizzie pinça les lèvres et acquiesça d'un signe de tête.

— Bien. Maintenant que nous savons très précisément ce que vous pensez de moi, revenons au sujet de notre mariage.

— Vous êtes fou ! Il n'est pas question que je vous épouse !

— Vous n'allez pas feindre l'indifférence à mon égard. Vous m'avez embrassé, hier soir.

— J'avais trop bu…

— Oui, en apparence. A moins que vous n'ayez joué la comédie pour mieux me distraire de ce que Bianca était en train de préparer.

Il avait ouvert un tiroir du bureau pour en sortir un épais dossier qu'il posa sur le plateau dans un bruit mat. Lizzie était réduite au silence. Tant de cynisme la stupéfiait.

— Vous voyez, Elizabeth, dans la plupart des cas, plusieurs interprétations sont toujours possibles. J'avoue que dans un premier temps, ce pudique hommage de vierge effarouchée m'a flatté. Mais aujourd'hui… à la lumière du jour… mon pragmatisme reprend le dessus et je vois les choses d'une manière fort différente. Tenez, jetez un coup d'œil à ceci.

C'était un ordre pur et simple. Bien qu'indignée, Lizzie revint vers lui les jambes flageolantes. Il fit pivoter le dossier et pointa de son index le document qu'il voulait qu'elle regarde.

C'était un relevé bancaire. Le nom « Hadley » apparaissait en haut de page.

— Comment vous êtes-vous procuré ceci ?

— Une fois encore, je vous rappelle que je suis banquier et que j'ai le bras long. Mais voyez plutôt ce point précis…

Lizzie baissa les yeux sur le feuillet. Elle sentit comme une main glacée qui se refermait sur sa gorge.

— Cette entrée indique que le compte de votre entreprise a été crédité d'une grosse somme il y a deux jours.

Et en effet, il s'agissait d'une somme conséquente : cinq millions et demi de livres ! Auparavant, Lizzie n'avait jamais vu un tel montant inscrit sur un papier officiel. Elle en avait le vertige.

— Maintenant, regardez l'entrée suivante. Les cinq millions et demi ont été débités le jour même.

— Non ! murmura-t-elle, refusant d'admettre la vérité qui était en train de se dessiner.

Il lui fallut un moment avant de sortir de la transe horrifiée qui l'avait saisie. Enfin elle réagit :

— Il faut que j'appelle mon père.

— Non, vous n'appellerez personne, répliqua-t-il avec un calme exaspérant. J'ai le contrôle de la situation et j'entends le conserver. Je ne veux pas que quelqu'un d'autre s'en mêle.

— Le contrôle… sur quoi ?

— Sur vous, asséna-t-il tranquillement. Avant que vous ne m'apportiez la lettre de Bianca, je me demandais encore pourquoi votre père avait utilisé si vite la totalité de l'argent qu'il avait réussi à emprunter afin de renflouer son entreprise.

Lizzie eut soudain besoin de s'asseoir. Elle se laissa tomber sur la chaise la plus proche.

— A part votre père, votre frère est la seule personne

à posséder la signature sur ce compte. Voyons, vous savez additionner deux plus deux, Elizabeth. Il ne faut pas être grand clerc pour comprendre que c'est votre frère qui a pris l'argent avant de s'enfuir avec Bianca. Et si vous avez joué un rôle dans cette histoire, j'espère que vous vous rendez compte que c'est vous seule qui en assumerez les conséquences.

En cet instant, Lizzie ne songeait nullement à sa propre situation. Elle s'inquiétait mortellement pour son père. Si ce dernier découvrait ce que Matthew avait fait…

— Mais bien sûr, enchaîna Luc, impitoyable, même si vous n'y êtes pour rien, c'est *vous* qui allez payer de toute façon les pots cassés. Car je demande réparation. Croyez-moi, vous allez enfiler la robe de mariée de Bianca et marcher jusqu'à l'autel à sa place. Voilà ce qui va se passer.

Lizzie se releva d'un bond.

— Oh, pour l'amour du ciel ! s'écria-t-elle. Nous sommes dans un fichu pétrin, je ne vois pas en quoi cela va s'arranger si vous persistez à dire n'importe quoi. Vous savez bien que nous n'allons pas nous marier !

Les prunelles piquetées de paillettes dorées étincelèrent.

— Pourquoi pas ? Aurais-je un défaut rédhibitoire à votre avis ?

— Ne me demandez pas d'en faire la liste ! Vous avez le regard d'un lion, ajouta-t-elle sans trop savoir d'où lui venait ce commentaire incongru.

— Les lions défendent leur territoire, ils protègent jalousement leurs femelles, mais ils ne chassent pas.

— Traduction, s'il vous plaît ?

— Le moment est venu pour moi de fonder une famille. Je n'ai pas eu à chasser pour trouver Bianca, car elle a toujours été là, à portée de main. J'attendais juste qu'elle ait suffisamment mûri. Mais c'est vous qui êtes là aujourd'hui. Et vous êtes à ma merci, grâce à l'escroquerie dont s'est rendu coupable votre frère, et aussi grâce à cette attirance que vous éprouvez pour moi et qu'il vous est impossible de cacher.

— Détrompez-vous, vous ne m'attirez pas du tout !

Il eut un sourire prédateur.

— Vraiment ? Alors comment expliquez-vous ce baiser ?

— Enfin, ce n'était pas vraiment un baiser, c'était… c'était… Ma bouche a frôlé votre cou par accident. Et j'étais ivre !

— A peine grise, mais enivrée par ce désir que vous refoulez depuis des mois. Votre langage corporel me l'a soufflé dès notre première rencontre à Londres. Vous me dévoriez du regard, précisa-t-il avec arrogance. Et de nouveau, à Milan, j'ai perçu votre trouble en ma présence. Hier soir, quand nous avons dansé ensemble, les vibrations étaient encore là. Vous n'allez pas le nier, quand même ? Alors j'ai cédé à la tentation et je vous ai emmenée sur la terrasse. Ce en quoi j'ai bien fait, car une minute plus tard, je sentais votre bouche sur moi !

— Nous ne sommes absolument pas faits l'un pour l'autre ! s'écria Lizzie. D'abord, je vous trouve trop vieux. Vous avez douze ans de plus que moi !

— Il est vrai que vous avez vingt-deux ans et moi trente-quatre. Cela fait une grande différence d'âge, convint-il. Mais cela signifie aussi que je puis vous offrir mon expérience et vous garantir ma fidélité. En contrepartie, vous me donnerez votre jeunesse, votre beauté, et votre loyauté absolue, c'est-à-dire quand vous cesserez de couvrir votre gredin de frère pour protéger votre père d'un horrible scandale.

Frissonnante, Lizzie avait croisé les bras sur sa poitrine dans une attitude défensive.

— Comme vous êtes… froid ! murmura-t-elle.

— Pas dans un lit.

— Ah ? Et cela devrait me suffire ? Vos assauts torrides

et votre précieuse sagesse, en échange desquels je devrais jouer le rôle de la femme trophée, celle qui vous permettra de sauver la face ? tout ça dans une relation sans amour ?

— L'amour est un sentiment surfait.

— Venant d'un individu tel que vous, ce genre de théorie ne m'étonne pas.

— Etes-vous de nouveau en train de me traiter de dégénéré ?

— Je dis juste que je n'ai aucune estime pour vous.

— Mais vous me désirez. Follement. Il vous suffit de me regarder pour avoir envie de moi. Vous savez déjà que nous passerions des moments incroyables au lit, vous et moi, et cela vous obsède. Tenez, si je vous prenais dans mes bras en cet instant même, vous fondriez comme neige au soleil.

— Alors qu'il n'y a pas de lit dans cette pièce ? jeta-t-elle d'un ton sarcastique, dans l'espoir de piquer sa vanité.

Il eut un sourire sensuel :

— Je sais m'adapter à n'importe quelle situation, *cara*.

— Vraiment ? Ainsi, si je faisais irruption dans votre bureau alors que vous êtes en train de négocier par téléphone un contrat de plusieurs millions, et si j'exigeai de faire l'amour sur-le-champ, vous ne feriez aucune difficulté ?

Elle était tout à coup décidée à le défier, à le pousser dans ses retranchements. Mais, loin de se démonter, il l'enveloppa d'un regard gourmand et son sourire s'accentua.

— Est-ce là l'un de vos fantasmes ? Dans ce cas, je me ferais un devoir de vous obliger. Il faudra juste veiller à me faciliter un peu la tâche en ne portant pas de collant. Ce ne serait ni pratique ni sexy.

— Vous êtes… infernal ! s'exclama Lizzie, incrédule devant un tel aplomb, et furieuse de lui avoir fourni l'occasion de se moquer d'elle.

— J'ai juste davantage l'habitude que vous de ce genre

de petits jeux. Bien que j'avoue n'avoir jamais fait l'amour à une femme sur mon bureau. Il faudra que j'y songe.

Lizzie fulminait, même si elle savait qu'elle avait commencé. Il avait raison, il était beaucoup plus habile qu'elle à ce petit jeu.

A son grand soulagement, il changea radicalement de sujet :

— Savez-vous où sont partis les deux tourtereaux ?

— Non, je n'en ai aucune idée.

— Quand vous secouez la tête comme ça, vos cheveux attrapent la lumière. On dirait qu'ils prennent feu…

— Oh, ça suffit ! Ça ne me fait pas rire du tout.

— Je suis très sérieux. Epousez-moi et je vous promets que votre vie sexuelle va devenir beaucoup plus riche.

Lizzie demeura bouche bée. Enfin elle bredouilla :

— Mais… qui vous a dit que ma vie sexuelle… ?

— Bianca. Qui d'autre ? Elle m'a parlé de vos deux amants, dont aucun n'a réussi à passer le cap de la première nuit. Des Anglais, bien sûr, qui manquaient sûrement de délicatesse.

— Parce que vous pensez faire preuve de délicatesse quand vous me parlez ainsi ? Moi, en tout cas, je ne veux plus vous entendre !

Elle était déstabilisée. Bianca, sa meilleure amie, avait parlé de sa vie intime avec son fiancé ? Jamais Lizzie ne s'était senti aussi trahie.

Tête haute, elle se tourna dans l'intention de partir.

— Epousez-moi la semaine prochaine et je rembourserai la dette de votre père. J'enverrai ma propre équipe d'experts pour l'aider à relancer son entreprise dont je financerai les investissements jusqu'à ce qu'elle ait retrouvé sa vitesse de croisière. En revanche, si vous refusez de m'épouser, votre père sera accusé de détournement de fonds et je ne lèverai pas le petit doigt.

Il était donc prêt à aller jusqu'au chantage pour ménager coûte que coûte son orgueil de mâle et ne pas se retrouver seul devant l'autel, découvrait Lizzie, médusée.

— On me doit réparation, Elizabeth, reprit-il d'un ton sourd. Soit c'est vous qui payez, soit ce sont les vôtres. Mon désir pour vous est le seul motif qui fait que vous ayez le choix aujourd'hui.

— Vous cherchez à vous venger, c'est tout.

— La vengeance est une forme de passion, *cara*. Vous devriez saisir cette chance tant que la passion court dans mes veines.

L'art de la parole... Luciano y excellait et Lizzie se sentait étourdie, envoûtée par cette voix grave qui résonnait dans sa tête et semblait couvrir le chaos de ses propres émotions. Comme dans un rêve, elle alla se placer devant la fenêtre. Son regard erra sur la surface scintillante du lac derrière lequel se dressait l'imposante silhouette embrumée des montagnes. Au lointain, sur l'autre rive, la petite ville de Bellagio formait seulement une tache claire au-dessus des eaux.

Face à ce paysage magnifique, les pensées de Lizzie revinrent se fixer sur son frère. Pourquoi avait-il agi ainsi ? Matthew n'était son aîné que de dix-huit mois et ils étaient proches l'un de l'autre. Elle pouvait comprendre le ressentiment qu'il éprouvait à l'égard de leur père qui avait refusé tout net de le laisser embrasser une carrière artistique. Avait-il mis la main sur l'argent dans un accès de colère, parce qu'il était taraudé par un sentiment d'injustice ? Bianca l'y avait-elle encouragé pour se venger d'Edward Hadley qui les avait empêchés de se marier deux ans plus tôt ?

A l'époque, Sofia Moreno avait mis en garde le père de Lizzie. « Vous vous y prenez mal. Interdisez-leur de se voir, et vous vous retrouverez avec un drame à la Roméo et Juliette ! » avait-elle prédit. Son pressentiment se vérifiait aujourd'hui, enfin plus ou moins. On pouvait quand même espérer que les deux amants n'allaient pas finir empoisonnés ! Lizzie demeurait quand même stupéfaite que leur histoire ait connu ce brusque rebondissement alors que chacun d'eux avait eu d'autres relations entre-temps. Et elle était blessée, oui, il fallait l'avouer, que ni son frère ni Bianca ne l'aient tenue au courant de ce qu'ils tramaient en secret. Mais bien sûr, avertie, elle aurait tenté de les dissuader de commettre une telle folie, et ils s'en étaient sûrement doutés.

— Que se passera-t-il quand Bianca et Matthew referont surface ? demanda-t-elle d'une voix curieusement enrouée.

— Bianca n'a rien fait de mal, à part changer d'avis en ce qui me concerne. La versatilité est une prérogative féminine. Quant à votre frère, ce sera à votre père et à la banque de statuer sur son sort.

Il ne prenait même pas la peine de répéter que c'était lui qui tenait en réalité l'épée de Damoclès au-dessus de la tête de Matthew.

Ou plutôt elle, Lizzie.

— Je ne porterai pas la robe de Bianca, s'entendit-elle déclarer. Et je ne vous épouserai pas à l'église. Je ne vous permettrai pas de m'acheter quoi que ce soit en dehors des affaires qui seront strictement nécessaires au rôle que vous voulez me voir jouer. Et je n'arrêterai pas de travailler, car j'ai besoin de gagner chaque penny que vous allez investir dans l'entreprise Hadley et que je compte vous rembourser.

— Non. La cérémonie se déroulera exactement comme prévu, et vous me ferez la grâce d'accepter tout ce que je jugerai bon de vous offrir. Bien entendu, il est hors de question que vous retourniez travailler, contra-t-il avec l'aplomb de celui qui savait détenir toutes les cartes maîtresses.

Choquée, Lizzie pivota pour lui faire face.

— Vous ne pouvez pas me mettre purement et simplement à la place de Bianca. Nous ne sommes pas interchangeables !

se récria-t-elle. D'ailleurs il y a des contraintes juridiques à prendre en compte. La loi stipule que…

— Au risque de me répéter, je vais vous dire qu'il existe peu de problèmes que l'argent ne puisse résoudre dans les meilleurs délais.

— Je vous hais !

— Peut-être. Cela ne vous empêchera pas de prendre la place de Bianca au pied levé et de faire croire au monde entier que c'est vous et moi qui avons soudain découvert que nous ne pouvions vivre l'un sans l'autre. Et il n'est pas question que vous me remboursiez autrement qu'en donnant le jour à notre premier enfant. Dans cette perspective, vous ne lutterez pas contre le désir qui nous rapproche.

— Puis-je partir, maintenant ?

Au bord des larmes, Lizzie avait proféré cette requête d'une voix étranglée. Luciano l'enveloppa d'un regard impénétrable.

— Dans un instant, répondit-il. Il nous reste quelques détails à discuter.

— J'aurais donc voix au chapitre sur certaines choses ? ironisa-t-elle avec amertume.

— Pas vraiment. Je voulais juste vous dire que je préfère être le premier à parler à votre père. Ensuite, vous ne retournerez pas à votre hôtel de Milan. Dorénavant, c'est ici que vous résidez.

— Vous me gardez prisonnière ?

— Mais non. Je veux juste vous protéger des retombées médiatiques qu'aura l'annonce brutale de notre mariage imminent. A Milan, vous seriez assaillie de paparazzi. Sans compter que les Moreno ne seront sûrement pas contents de ce dénouement inattendu.

— Pourquoi croyez-vous qu'ils m'ont envoyée ici vous remettre la lettre de Bianca ? répliqua-t-elle avec un rire sec.

— Ainsi, ils ont peur. Tant mieux, cela servira nos plans.

— Cessez de parler comme si nous étions de mèche ! Je n'ai aucun pouvoir dans tout ceci, je suis juste un pion que vous manipulez à votre guise pour sauvegarder les apparences !

— Les pions sont des pièces très importantes sur un échiquier, il ne faut pas les sous-estimer.

— Taisez-vous ! Il faut toujours que vous ayez le dernier mot, c'est horripilant.

L'ombre d'un sourire naquit sur les lèvres de Luciano. Il répondit :

— Je peux le concevoir et je tâcherai de me corriger à ce propos, promis.

Lizzie prit une profonde inspiration et articula :

— Et maintenant, puis-je partir ?

Sans répondre, il saisit un téléphone sur le bureau et composa rapidement un numéro avant de donner quelques instructions en italien à son interlocuteur.

— Avez-vous compris ce que j'ai dit ? lui demanda-t-il quand il eut raccroché.

— En partie. Depuis le temps que je suis amie avec Bianca, je parle assez bien votre langue. Vous avez ordonné qu'on prépare une chambre à mon intention.

— Vous pourrez vous installer d'ici quelques instants.

Il contourna le bureau et elle se raidit soudain en le voyant s'approcher d'elle. En même temps, une émotion étrange envahit son cœur. Il était si beau, si impressionnant ! En dépit de sa froideur et de son arrogance extrême, il y avait chez Luciano De Santis une splendeur physique qui le rendait dangereusement fascinant.

Lorsqu'il leva la main pour lui effleurer la joue, elle ne tenta pas de se dérober.

— Je vais passer un accord avec vous, déclara-t-il de sa

voix profonde qui lui donnait la chair de poule. Je vous autorise à me rembourser… en baisers. Disons un baiser par euro dépensé pour votre famille. A partir de maintenant…

Il inclina la tête. Sa main avait glissé sur la nuque de Lizzie pour l'emprisonner de ses doigts fermes et chauds. Hypnotisée par son regard noir, elle renversa doucement la tête en arrière. Un soupir étouffé franchit ses lèvres au moment où il les capturait dans un baiser dominateur.

Quelques secondes plus tard, il s'écartait pour scruter son visage avec attention.

— Vos yeux sont gris. Il va falloir que je fasse beaucoup mieux que cela, commenta-t-il avec une petite grimace.

De nouveau, il se pencha. Cette fois, sa langue veloutée força le barrage de ses dents. Un frémissement sauvage parcourut Lizzie, gagnée par le feu de la passion.

— Presque vert, annonça-t-il avec satisfaction lorsqu'il se fut redressé.

Et soudain, il la lâcha, se dirigea vers la porte et sortit avant de refermer soigneusement le battant derrière lui, laissant Lizzie prendre peu à peu conscience qu'elle venait de s'abandonner dans ses bras de son plein gré.

Il avait désormais la preuve qu'elle le désirait de toutes ses forces, comme il l'avait allégué tout à l'heure, et qu'elle était incapable de lui résister. Depuis des semaines elle luttait contre cette attirance folle, et il avait suffi d'un simple baiser pour qu'elle s'embrase telle une torche.

Luciano l'avait senti. Et à ses yeux, leur pacte était scellé.

4.

Comme l'avait prévu Luc, un tourbillon médiatique se déchaîna, si frénétique que Lizzie ne put s'empêcher d'être soulagée de se trouver loin de Milan où Luciano était déjà retourné. Personne ne pouvait approcher la villa sans permission expresse, et personne n'était autorisé à entrer en contact téléphonique avec elle.

Excepté son père.

Quand Lizzie eut enfin l'opportunité de lui téléphoner, elle le trouva fâché, blessé et incrédule. Il ne parvenait pas à comprendre qu'elle se soit « approprié » le fiancé de sa meilleure amie et se déclara fort déçu de son comportement.

— J'espère de tout cœur que tu n'es pas comme ta mère, Lizzie.

Cette ultime critique avait assommé la jeune femme.

Comble d'ironie, Matthew était remonté dans l'estime de son père pour avoir volé au secours de Bianca, et pris sous son aile la pauvre fiancée délaissée. Non, Edward Hadley n'avait aucune nouvelle de Matthew. Non, il ne savait pas où il se trouvait en ce moment.

Le plus stupéfiant était que le père de Lizzie ignorait totalement que son fils avait vidé le compte en banque de l'entreprise. Quand Lizzie aborda le sujet avec précaution, il se borna à répondre :

— Une simple erreur de la banque. La somme a été recréditée le lendemain même.

Même Luciano trouvait plus grâce qu'elle aux yeux de son père, après s'être platement excusé pour occasionner tant de détresse autour de lui. Et bien sûr, il avait proposé à Edward Hadley de l'aider à remettre son entreprise à flot. En définitive, seule Lizzie subissait les foudres de son père.

Néanmoins, Edward Hadley daignerait assister au mariage. Naturellement, puisque Luciano en avait manifesté le désir.

« Ce cher Luc ! » songeait-elle avec amertume.

Quant aux Moreno, ils avaient passé une journée entière à recevoir les journalistes pour leur expliquer comment la malheureuse Bianca s'était fait chiper son fiancé par celle qu'elle prenait pour sa meilleure amie.

— Je suis une briseuse de ménage ! lança-t-elle à Luciano quand elle l'obtint au téléphone au bout de trois jours. Matthew, lui, est le preux chevalier qui s'est porté à la rescousse de Bianca l'éplorée. Et vous, vous apparaissez dans toute votre splendeur, assez lucide pour admettre que vous vous étiez trompé en vous engageant vis-à-vis de Bianca, assez fort pour imposer au monde votre nouvelle fiancée !

Elle l'entendit rire à l'autre bout de la ligne et, furibonde, regretta de ne pouvoir défouler sa hargne en l'ayant physiquement devant elle.

— Quand vous disiez que je serais la seule à payer les pots cassés, vous ne vous trompiez pas ! s'écria-t-elle encore.

— Croyez-moi, une fois la tempête retombée, toutes les femmes vous envieront.

— Pourquoi ? Parce que j'aurai eu la chance d'épouser un type formidable comme vous ? Sachez que je ne considère pas du tout cela comme une chance. Je me sens complètement manœuvrée. Et n'espérez pas que je signe le contrat prénuptial que vos avocats viennent de déposer à la villa !

Sur ces mots vengeurs, elle lui raccrocha au nez.

Luciano arriva à la villa une heure plus tard. Lizzie se trouvait dans sa chambre, une très jolie suite avec vue sur le lac et un balcon sur lequel elle n'osait sortir de peur d'être prise en photo par les myriades de paparazzi qui croisaient sur le lac, leurs objectifs braqués sur ses fenêtres.

A son entrée, il la trouva pelotonnée sur le canapé, un livre entre les mains.

— Allez-vous-en, lui lança-t-elle en guise de bienvenue.

— Signez, rétorqua-t-il en lui jetant le contrat prénuptial sur les genoux.

Lizzie l'ignora avec superbe et feignit d'arranger l'ourlet de la jupe de coton blanc qu'elle portait sous un petit top jaune citron. Elle n'était pas maquillée, et elle était pieds nus. Luciano, qui ne fréquentait que des femmes sophistiquées qui rivalisaient d'élégance pour lui plaire, ne devait sûrement pas être habitué à une telle décontraction vestimentaire.

Un gros stylo plume atterrit sur le contrat de mariage.

— Signez, répéta-t-il.

Comme elle feignait de se replonger dans la lecture de son roman, elle l'entendit pousser un long soupir. Du coin de l'œil, elle le vit ôter sa veste d'un mouvement brusque, puis desserrer sa cravate. Chacun de ses gestes était empreint d'une intense irritation.

S'étant saisi d'une chaise par le dossier, il l'approcha du canapé et s'assit près d'elle. Une nuée de petits papillons pris de folie se mirent à danser dans l'estomac de Lizzie.

— Ecoutez, reprit-il, je ne peux pas vous épouser tant que vous n'avez pas signé ce document.

— Vraiment ? C'est dommage, parce que je n'en ai pas l'intention.

Elle tourna une page de son livre. D'un ton plus contenu encore, il insista :

— Ce n'est qu'une formalité juridique. Je dirige une banque prestigieuse et je suis à la tête d'une fortune. Si vous ne signez pas ce papier, mes actionnaires penseront que j'ai été trop faible pour me protéger, ils perdront confiance en moi.

— Alors ne leur dites rien.

— Ils le découvriront bien par eux-mêmes ! Des choses comme ça se savent. On dira que vous m'avez épousé pour mon argent et moi, on me prendra pour un imbécile.

— En plus d'être une briseuse de ménage, je deviendrai donc une arriviste ? Bah, une tare de plus ou de moins… je ne suis plus à cela près.

D'un geste rapide, il se saisit du livre qu'il lança sur le coussin le plus éloigné. La seconde suivante, il lui mettait le stylo plume sous le nez.

— Signez.

Sans mot dire, Lizzie fixa le stylo.

— S'il vous plaît, articula-t-il.

— Barrez d'abord le paragraphe concernant la garde des enfants en cas de divorce.

Sans tergiverser, il feuilleta le document et repéra le paragraphe incriminé qu'il barra de deux traits de stylo bien appuyés, avant de parafer dans la marge.

— Maintenant, la même chose avec le paragraphe suivant qui précise la somme que j'obtiendrais.

— Non.

— C'est à prendre ou à laisser.

Il se redressa brusquement.

— Très bien. Dans ce cas, notre mariage est annulé. Vous avez une heure pour prendre vos affaires et quitter cette villa, mademoiselle Hadley. Suivez mon conseil, passez par l'entrée de service si vous voulez éviter les paparazzi qui campent tout autour de la maison. Ah, et j'y pense, n'oubliez pas de rappeler à votre père qu'il me doit cinq millions et demi de livres. Et la même somme à sa banque, bien sûr.

Il avait déjà saisi sa veste et se dirigeait vers la porte.

Lizzie sauta sur ses pieds.

— Très bien, très bien ! Je vais le signer, votre maudit contrat.

Elle avait bluffé et perdu.

Luciano s'était immobilisé. Au bout de quelques secondes, il revint vers elle à pas lents, le visage impassible, sans rien trahir du sentiment de triomphe qui l'habitait certainement. Il arborait juste cet air d'autorité avec lequel il était sans doute né. Posément, il tendit à Lizzie le contrat et le stylo. Elle alla prendre appui sur le petit secrétaire placé près de la fenêtre, et griffonna rapidement sa signature au bas de la dernière page du document, puis elle revint le lui rendre.

Il s'en empara… et le laissa tomber par terre. La seconde suivante, Lizzie se retrouva dans ses bras, écrasée contre son torse. Son cri de surprise fut étouffé par le baiser farouche qu'il lui planta sur les lèvres. D'un coup elle perçut toute la force de la passion qui le faisait vibrer. Ces vibrations se communiquèrent à elle et la laissèrent à sa merci. Tandis que sa langue fouillait sa bouche, elle ne put qu'émettre un gémissement plaintif, entre capitulation et aveu de son propre désir.

Puis il l'emporta vers le lit.

— Non ! se récria-t-elle lorsqu'il la déposa sur le matelas.

Mais il se redressa et se contenta de la contempler d'un regard si dominateur qu'elle se sentit encore plus faible et fragile. Ses yeux noirs s'attardèrent sur sa bouche gonflée par les baisers.

— Cela fait trois euros de remboursement, mademoiselle Hadley, l'informa-t-il avant de tourner les talons.

L'instant d'après, la porte se refermait derrière lui.

*
* *

C'est en hélicoptère que Lizzie se rendit à la cérémonie de mariage. Le matin même, un couturier célèbre était arrivé de Milan pour procéder aux ultimes retouches de sa robe de mariée. C'était la première personne que Lizzie rencontrait depuis une semaine, en dehors de Luciano et des domestiques qui travaillaient à la villa.

La robe ne ressemblait en rien à celle que Bianca avait prévu de porter lors de ses noces. Lizzie en fut soulagée. Et elle était si belle ! Une merveille, qui lui allait à la perfection alors que cet essayage était le premier et le seul. Comment le couturier avait-il réussi ce tour de force ? Lizzie refusait de se poser la question. Quoi qu'il en soit, la toilette d'inspiration grecque lui allait à ravir, même si Lizzie avait été un peu perturbée en se découvrant dans le miroir par l'aura de sensualité que lui donnaient les drapés savants qui soulignaient ses courbes sans les épouser.

Face à son reflet, elle s'était dit qu'elle ressemblait à une vestale. Curieux choix de la part de Luciano, pour sa jeune fiancée…

Quant à sa crinière auburn, Carla, la petite domestique qui s'esclaffait pour un oui ou pour un non avait réussi la prouesse de la dompter au terme d'un long brushing. Puis elle avait relevé les mèches souples et brillantes en un chignon flou et romantique qui encadrait le visage de la jeune femme et mettait parfaitement en valeur ses yeux gris-vert.

— Vous êtes magnifique, mademoiselle. Je comprends que Monsieur vous ait préférée à la *bella* Bianca ! avait pouffé Carla.

— Je vous en prie, l'avait reprise Lizzie d'un air sévère.

Elle était trop loyale pour permettre qu'on se moque de Bianca devant elle. Son amie lui manquait. Elle aurait voulu lui parler, lui demander pourquoi elle s'était enfuie avec Matthew et surtout si elle lui donnait sa bénédiction pour ce qu'elle s'apprêtait à faire…

Sur ces entrefaites, Luis, le majordome, était venu la prévenir qu'il était temps de partir. Et l'hélicoptère l'avait emportée vers Milan.

Lizzie retrouva son père à l'église. Elle ne l'avait pas vu depuis deux semaines et il lui parut curieusement rajeuni. Son visage avait perdu cette expression anxieuse qu'elle lui connaissait depuis des mois. Hélas, la déception qu'il éprouvait vis-à-vis d'elle se lisait clairement dans son regard.

— Tu es très belle. Exactement comme ta mère, lui dit-il en guise de compliment.

Il se pencha pour déposer un froid baiser sur sa joue et Lizzie sentit son cœur se serrer.

Ils pénétrèrent dans l'église devant laquelle une foule de curieux s'était massée, puis remontèrent la nef sous le regard des invités qui les attendaient. Sur leur passage, un bruissement de voix les accompagna. Lizzie s'efforça de les ignorer pour se concentrer sur la haute silhouette masculine qui se dressait devant l'autel.

Luciano portait un smoking gris perle à la coupe irréprochable qui accentuait la largeur de ses épaules et l'étroitesse de ses hanches. Son regard sombre et intense restait fixé sur Lizzie. Lorsque Edward Hadley lui offrit la main de sa fille, Luciano s'en saisit et la porta à ses lèvres avant de l'emprisonner entre ses longs doigts bruns.

La suite se déroula comme dans un rêve embrumé où la voix lointaine du prêtre bourdonnait aux oreilles de Lizzie telle une mélopée lancinante.

Ils furent mari et femme.

Puis, devant quelques centaines de témoins fascinés, Luciano scella d'un baiser exigeant cette union insensée.

« Quatre euros, songea Lizzie dans une dérisoire tentative d'humour. Je vais mettre des siècles à rembourser ma dette ! »

Comme s'il lisait dans ses pensées, il la gratifia d'un sourire moqueur.

L'instant d'après, Lizzie émergeait sur le parvis de l'église, dans la brillante clarté de cette journée ensoleillée. Les flashes des appareils photos se mirent à crépiter dans une cacophonie de cris et de vivats. Lizzie sentit son cœur s'emballer dans un soudain accès de panique, mais l'homme qui se tenait à ses côtés l'enserra de son bras dans une étreinte rassurante, tandis que plusieurs agents de la sécurité formaient un cordon humain afin de tenir les curieux à distance.

Ils montèrent sans encombre dans la limousine qui les attendait.

Le véhicule démarra et prit de la vitesse sur la route. Un silence ouaté était retombé dans l'habitacle. Lizzie n'en revenait pas. Elle avait survécu à l'épreuve ! Elle n'avait pas flanché !

Elle avait bel et bien épousé le fiancé de sa meilleure amie.

— Respirez ou vous n'allez pas tarder à suffoquer, lui conseilla Luc, impavide.

Lizzie baissa les yeux sur le jonc d'or traditionnel qui ornait désormais son annulaire gauche. Un anneau similaire brillait sur la main de Luc. Des bijoux qu'il avait dû acheter pour lui et Bianca et qu'il ne s'était sans doute pas embêté à changer…

— Je ne suis pas insensible à ce point, déclara-t-il soudain d'un air pincé. La robe n'est pas la même, les alliances non plus.

Décidément, il était télépathe !

— La robe… est très belle, murmura-t-elle sans relever les yeux.

— Et vous êtes sublime dedans. En vous voyant, les gens

ne se sont sûrement pas étonnés que je vous aie épousée aujourd'hui.

— Ainsi donc, l'honneur est sauf. Tout va bien pour vous.

Elle tourna enfin la tête pour lui jeter un regard de défi. Elle le regretta aussitôt car il était si séduisant avec son beau regard sombre piqueté d'or, ses traits virils, sa chevelure de jais, qu'elle en fut malgré elle bouleversée.

Résolue à ne pas tomber sous le charme, elle ajouta :

— N'attendez pas que je vous félicite, vous seriez déçu !

— Vous êtes triste et amère, constata-t-il dans un murmure.

— J'ai blessé mon père. Il est déçu.

— Et maintenant, c'est moi que vous risquez de décevoir.

— Que voulez-vous dire ?

— Nous avons conclu un marché. Aucun de nous ne doit refuser à l'autre ce qui fait le ciment de ce mariage et lui a permis d'exister.

Il voulait parler de leur attirance mutuelle. Lizzie ouvrit la bouche pour répliquer, mais il la devança et tendit vivement la main pour presser ses doigts contre ses lèvres :

— Faites attention, *cara*. Vous allez vous attirer des ennuis si vous ne réfléchissez pas deux fois avant de parler. Votre père se remettra de sa déception quand il commencera à mesurer quels bénéfices il va retirer de cette union. Et vous-même finirez par vous accommoder de moi en tant qu'époux, je vous le promets. Je vous le prouverai dès que nous nous retrouverons en tête à tête. Dans une chambre ou ailleurs. Quant à moi, je serai fier de vous quand vous aurez fini de vous apitoyer sur votre sort. Rappelez-vous qui vous êtes désormais, *signora* De Santis. En m'épousant, vous êtes devenue ma femme, mon amante, la future mère de mes enfants et la garante de l'honneur familial.

« Rien que ça ? » eut-elle envie de répondre.

Quelque part au cours de cette conversation étrange, elle avait dû toucher un point sensible, sans même s'en rendre compte. Il avait donc ses faiblesses, lui aussi ? Première nouvelle.

Elle repoussa sa main et répondit :

— Bravo, beau discours. Vous espériez me remettre à ma place de docile et complaisante épouse ? Désolée, je ne suis pas impressionnée.

— Non ?

— Non. A mes yeux, vous êtes toujours cet homme qui n'a pas hésité à recourir au chantage pour mettre du baume sur son orgueil blessé.

— Ne pensez-vous pas que d'autres femmes auraient sauté sur l'occasion de prendre la place de Bianca ?

— Oh si ! Des centaines, sans doute. Mais c'est bien vous qui m'avez dit que vous ne vouliez pas vous fatiguer à chasser ?

— Touché, reconnut-il avec un sourire.

Avant qu'elle n'ait pu prévoir son mouvement, il l'enlaça. Totalement prise au dépourvu, elle se retrouva coincée entre lui et la banquette, la bouche captive d'un baiser passionné qui, en dépit de toutes ses résolutions, ne tarda pas à faire circuler son sang plus vite dans ses veines. Au début, elle tenta de le repousser, mais très vite elle s'abandonna à ces sensations merveilleuses qu'il savait si bien déclencher. Alors, vaincue, elle lui rendit son baiser avec une fougue pour laquelle elle se détestait mais qu'elle était bien incapable de contenir.

Enfin il la libéra.

— Vous voyez, je n'ai pas besoin de chasser.

Lizzie eut l'impression de recevoir une gifle. Mortifiée,

elle s'efforça de remettre de l'ordre dans sa chevelure ébouriffée, sous l'œil goguenard de l'homme qui était désormais son époux.

Elle ne pipait mot, mais sa colère devait être palpable, car il reprit bientôt :

— Je vous avais prévenue, *cara.* A ces petits jeux, je suis plus expérimenté que vous. Soyez donc raisonnable et cessez de me braver.

La voiture ralentissait. Lizzie tourna la tête vers la vitre et vit qu'ils arrivaient aux abords de la villa. Il existait donc un autre accès que le lac ! La limousine patienta une minute devant le haut portail en fer forgé, le temps que les deux battants pivotent. Puis elle remonta l'allée qui traversait le jardin fleuri avant de se garer sur le côté de la maison, devant un petit porche que Lizzie ne connaissait même pas. En effet, durant son récent séjour, elle n'avait pas osé sortir de peur d'être surprise par un paparazzi. Etre propulsée sur le devant de la scène telle une célébrité lui faisait peur. Elle n'avait aucune envie d'être reconnue dans la rue et harcelée par les journalistes. Si Bianca avait été là, Lizzie aurait tout supporté dans son sillage, en partie grâce à une bonne dose d'humour et de mise en perspective. Mais bien sûr, dans ce cas c'est Bianca qui aurait été Mme De Santis et aurait, bien volontiers, polarisé l'attention générale, pendant que Lizzie, comme d'habitude, se serait faite toute petite.

En l'occurrence, elle ne pouvait se dissimuler nulle part. Il lui fallait tenir son rang auprès de son mari et accueillir la foule d'invités qui n'allait pas tarder à arriver de l'église. Les invités de Luciano. Les amis de Luciano. Car aucune connaissance de Lizzie n'avait été conviée à la cérémonie. Seul son père avait eu droit de cité.

La désapprobation de ce dernier était toujours visible lorsqu'il parvint à la villa et embrassa sa fille avec raideur. Lizzie leva sur lui un regard qui quémandait sa compréhension, mais Edward Hadley ne voyait en elle qu'une femme impardonnable. Comme sa mère.

Soudain, Lizzie eut l'impression d'être abandonnée par son seul allié, et elle dut retenir ses larmes en le voyant s'éloigner d'une démarche pesante.

— J'aimerais une explication, dit Luciano qui se tenait à ses côtés.

Sans répondre, Lizzie secoua la tête. Comment aurait-il pu comprendre qu'elle se sentait écrasée par la réprobation de son père ? Luciano n'avait sans doute jamais éprouvé un tel sentiment de désolation. Il n'y avait qu'à voir avec quelle facilité il avait changé de fiancée !

Depuis dix ans que sa mère les avait quittés, Lizzie avait fait son possible pour ne lui ressembler en rien. Mais aujourd'hui, dans cette somptueuse villa, vêtue de cette robe étourdissante, elle était rejetée par la seule personne sur qui elle aurait dû pouvoir compter sans réserve. Et elle se demandait, misérable, si toutes ces années passées à mendier l'approbation de son père n'avaient pas été, somme toute, une perte de temps.

Et pourtant il lui fallait garder le sourire, en dépit de son cœur brisé.

Le défilé d'invités, tous plus élégants les uns que les autres, n'avait pas de fin. Lizzie les saluait tour à tour avec politesse, endurait les regards qui la jaugeaient et parfois les commentaires à double sens qui ressemblaient fort à des piques. Elle restait impassible et le bras de Luciano ne quittait pas sa taille. Enfin, après avoir accueilli le dernier invité, ils se mirent à circuler de groupe en groupe. La main de Luciano demeurait fermement posée sur sa hanche. Il voulait offrir l'image d'un couple uni, et même les taquineries de ses plus proches amis ne parvinrent pas à le dissuader de la tenir aussi serrée.

Le repas fut proposé aux convives sous forme de buffet.

Bien que la nourriture soit succulente, Lizzie ne réussit qu'à grignoter quelques bouchées et trempa seulement ses lèvres dans sa coupe de champagne pour faire bonne mesure. Il lui fallut encore supporter, stoïque, le discours quelque peu ironique du témoin de Luc. De son côté, ce dernier écouta sans broncher, la mine impassible.

Rien ne semblait l'affecter. Il avait des nerfs d'acier. Pourtant, à une soudaine crispation de ses doigts, Lizzie perçut son exaspération au moment où quelqu'un formulait un commentaire assez grossier sur Bianca.

Sa réaction était-elle causée par la colère ? Le chagrin ? Le dépit ?

Lorsqu'elle leva les yeux sur lui, son visage énigmatique ne reflétait bien entendu pas le moindre sentiment.

Puis l'après-midi se déroula dans une lenteur atroce. Lizzie avait mal à la mâchoire à force d'esquisser des sourires crispés. Aussi fut-elle immensément soulagée lorsque Luciano lui glissa à l'oreille qu'il était temps pour elle d'aller se changer.

La sémillante Carla l'attendait dans sa suite et l'aida à se dévêtir.

— Cette robe est si belle, quel dommage de l'enlever ! pépia la petite domestique. Mais vous devez être enchantée de partir en lune de miel, *signora*. C'est si romantique d'être enlevée par Monsieur dans un endroit secret !

Lizzie demeura médusée. Une lune de miel ? Allons bon, il ne manquait plus que cela…

5.

Lizzie était consternée par ce qu'elle venait d'apprendre. Elle n'avait aucune envie de partir en voyage avec son mari. Qu'allaient-ils faire ? Jouer les amoureux transis et roucouler sur une plage ? Grotesque !

Sa rébellion s'éteignit lorsque, ayant enfilé une robe portefeuille de soie vert jade, elle descendit l'escalier et le trouva dans le grand hall.

Lui aussi s'était changé. Il portait un costume en lin couleur café sur un simple T-shirt noir, et ce style décontracté lui allait à merveille.

Un éclair s'alluma dans ses prunelles de jais, mais il demeura aussi impassible qu'à l'ordinaire et lui tendit simplement la main lorsqu'elle atteignit les dernières marches.

— Vous êtes superbe.

« Vous aussi », aurait pu répondre Lizzie. Au lieu de cela, très consciente des regards qui se portaient sur eux, elle l'interrogea :

— Où allons-nous ?

— Où vont tous les couples de jeunes mariés. Dans un endroit où nous serons seuls.

— Mais je ne veux pas être seule avec vous ! chuchota-t-elle alors que, s'étant emparé de sa veste de lin crème, il la lui drapait sur les épaules.

— Non ? C'est affreux, je suis effondré.

— Je pensais que nous resterions ici après le mariage. Pourquoi partir ?

— C'est une tradition.

— Mais c'est stupide ! Et tous ces gens, que vont-ils faire si nous nous en allons ?

— Vous voulez que je jette nos invités dehors ?

— *Vos* invités, corrigea-t-elle d'un ton rageur.

— Attention, *cara*. Vous devriez éviter les joutes verbales, surtout en public. Vous savez bien que cela ne vous réussit pas.

— J'essaie juste de vous faire comprendre que cela ne rime à rien de quitter la villa et que…

Avant qu'elle ait compris ce qui se passait, il l'avait fait pivoter face à lui et s'était penché pour la réduire au silence d'un long baiser qui se prolongea jusqu'à ce que des rires indulgents et des applaudissements retentissent parmi l'assistance. Luc daigna alors relâcher son étreinte et chuchota à l'oreille de la jeune femme :

— Vous vous sentez mieux ?

Encore ébranlée par les sensations qui venaient d'exploser en elle alors qu'elle se trouvait devant une bonne centaine de personnes, Lizzie déglutit et répondit d'un simple hochement de tête. Elle avait les joues en feu.

Luc se tourna vers les invités et les salua d'un sourire. Puis, la main de sa femme étroitement serrée dans la sienne, il l'entraîna hors de la maison.

Ce n'est qu'en apercevant l'hélicoptère posé sur la pelouse que Lizzie se rappela son père. Elle se tourna vers Luc.

— Nous ne pouvons pas partir, je n'ai pas dit au revoir à papa !

— Il est déjà parti. Il avait un avion à prendre pour Gatwick.

Lizzie se figea. L'espace d'un instant, elle ne parvint pas à trouver son souffle.

Avec un juron étouffé, Luc poursuivit sa route et la fit monter dans l'hélicoptère. Quelques minutes plus tard, ils s'élevaient au-dessus des rares nuages et survolaient le lac dont la surface était semée de petites vedettes grouillant sans nul doute de reporters avides de voler un cliché ou deux. Mais cette fois, Lizzie ne leur prêta aucune attention. Tête basse, elle fixait ses mains crispées sur ses genoux.

— Il est parti sans même me dire au revoir, sans m'offrir ses vœux de bonheur, murmura-t-elle au bout d'un moment.

— Voyons, il a une entreprise à gérer. C'est une priorité, vous pouvez bien le comprendre.

— Merci de prendre sa défense avec cette piètre excuse !

Elle replongea dans un silence obtus qui dura le restant du trajet, seulement ponctué de temps à autre par un soupir irrité de Luciano. Indifférente au paysage, Lizzie continuait de fixer ses mains. Finalement, ils atterrirent sur le tarmac de l'aéroport de Linate où un jet privé les attendait. Le nom *De Santis* apparaissait en lettres argentées sur son fuselage blanc.

L'intérieur était aménagé pour offrir le plus grand confort aux passagers. Luc installa d'abord Lizzie, puis échangea quelques mots avec le steward avant d'aller discuter un instant avec le pilote.

Il revint deux minutes plus tard, boucla sa ceinture, et les moteurs se mirent à vrombir. Ils décollèrent et, tandis que l'appareil montait dans le ciel bleu, Lizzie se rappela qu'elle ignorait toujours leur lieu de destination. A dire vrai, elle n'en avait cure. Cette journée avait été la pire de toute sa vie. Peu importe ce qui lui arrivait maintenant, elle était passée en mode automatique, tel un zombie.

— C'est moi qui lui ai dit de partir pendant que vous vous changiez, déclara tout à coup Luciano.

Lizzie sortit de sa léthargie pour lui retourner un regard

stupéfait. En dépit de la posture nonchalante qu'il affectait, elle remarqua quelques signes de tension sur son visage.

— Pourquoi ? s'exclama-t-elle.

— Parce que sa présence vous bouleversait, de toute évidence.

— Mais c'est mon père ! C'est normal que je sois touchée par ses réactions.

— Je suis votre époux, mon rôle est de veiller à ce que rien ne vous contrarie.

— *Vous* me contrariez sans cesse ! Pour autant, allez-vous disparaître de ma vie ?

— Pas à dix mille pieds d'altitude, répondit-il avec un sourire qui s'acheva en soupir. Arrêtez de me cracher votre haine au visage, Elizabeth, et expliquez-moi plutôt pourquoi votre père vous a battu froid toute la journée.

Elle lui parla de sa mère, d'une voix dépassionnée, consciente qu'il épiait ses gestes, qu'il guettait la moindre de ses émotions.

— Aujourd'hui, les pires craintes de papa se sont en quelque sorte matérialisées. Il me croit partie sur les traces de ma mère, conclut-elle.

A cet instant, le steward vint leur proposer du café et un assortiment de sandwichs. Puis Luc le renvoya et entreprit de verser lui-même le café dans les tasses.

— Ressemblez-vous à votre mère ? s'enquit-il avec curiosité.

— Beaucoup. C'est elle que papa voit chaque fois qu'il pose les yeux sur moi.

— Et où se trouve-t-elle maintenant ?

— Elle est morte… il y a deux ans.

La voix de Lizzie s'était enrouée. Elle toussota, fronça les sourcils :

— Il y a du sucre dans ce café, non ?

— Oui. Vous n'en prenez pas ?

— Non, jamais. Et vous ?

Avant de répondre, il but une gorgée et se renfonça contre le dossier de son siège.

— Je le prends noir, fort et sucré. Nous ne savons pas grand-chose l'un de l'autre, n'est-ce pas ? Mais cela viendra.

Ils mangèrent leurs sandwichs en silence. Luc réclama un autre pot de café au steward, et Lizzie se sentit mieux après s'être restaurée. Peu à peu, elle se détendit et son humeur s'améliora sensiblement.

— Où allons-nous ? demanda-t-elle enfin.

Il sourit :

— Ma foi, vous en avez mis du temps ! Nous faisons route vers les Caraïbes. J'ai une maison là-bas, sur une île déserte paradisiaque. Nous n'aurons que les pélicans pour nous y tenir compagnie.

Il se pencha pour ouvrir la porte d'un petit bar encastré dans la cloison et en retira une mignonnette de ce qui devait être un alcool fort, du cognac à première vue.

— En voulez-vous ? proposa-t-il à Lizzie.

— Non, merci.

— Vous avez peur d'être... ivre ?

— Non, j'ai peur de m'endormir.

— Cela ne poserait pas de problème majeur. Voyez-vous cette porte, au bout de l'allée ? Derrière se trouvent une chambre et un lit très confortable.

Il avait rempli le tiers d'un verre et le tendit à Lizzie qui préféra l'accepter plutôt que de subir une autre bordée de sarcasmes.

— Le vol va durer plus de neuf heures, aussi je suppose que vous finirez par aller vous coucher, reprit-il en se servant lui-même.

— Avec ou sans vous ?

La question avait fusé avant qu'elle ne puisse la retenir. Une lueur s'alluma dans le regard noir piqueté d'or :

— Est-ce une invitation, *cara* ?

— Non ! s'écria-t-elle, les joues brûlantes.

— Ne vous inquiétez pas, vous ne risquez rien. Pour le moment, du moins.

Ces derniers mots parurent flotter dans l'air comme une menace. Pour reprendre contenance, Lizzie porta le verre à ses lèvres et en avala le contenu d'une traite. Mal lui en prit. Le liquide lui échauffa brusquement le gosier et l'œsophage. Les larmes jaillirent de ses yeux et elle se mit à tousser.

— Eh, doucement ! Vous n'avez pas l'habitude, dit Luc en riant.

L'alcool lui monta directement au cerveau, si bien qu'au bout de quelques minutes, elle plongea dans un bien-être cotonneux qui se transforma vite en torpeur anesthésiante. Comme elle luttait pour garder les yeux ouverts, Luc lui conseilla :

— Allez donc vous étendre un peu, cela vous fera du bien. Voulez-vous que je vous aide ?

— Inutile, je… je vais me débrouiller seule, assura-t-elle.

Elle gagna la chambre à pas lents, prenant garde à ne pas perdre l'équilibre, puis referma derrière elle la porte de communication. Quelques minutes plus tard, seulement vêtue de son slip et de son soutien-gorge, elle se roulait en boule sous la couette légère et duveteuse.

Elle sombra les paupières à peine fermées et dormit plusieurs heures avant de se réveiller, reposée, dans la lumière déclinante du crépuscule. Le doux ronronnement des moteurs lui rappela où elle se trouvait. Elle se sentait en forme et elle avait faim, mais l'idée de quitter ce lit douillet et de se rhabiller ne l'enchantait guère, aussi demeura-t-elle immobile un moment, les yeux fixés au plafond.

Puis, comme elle se retournait, elle se figea.

Luciano reposait à son côté gauche, la tête sur l'oreiller.

La couette retroussée dévoilait ses larges épaules dénudées et sa poitrine musclée. Il dormait d'un sommeil profond, comme l'attestait sa respiration paisible et régulière.

C'était la première fois que Lizzie avait l'opportunité de l'étudier tout à loisir, aussi examina-t-elle sans vergogne ses traits altiers, notant la longueur des cils sombres qui tranchaient sur la peau hâlée des joues, le nez droit, la bouche sensuelle aux lèvres pleines. Ses épais cheveux noirs étaient un peu ébouriffés.

Incapable de refréner sa curiosité, elle laissa glisser son regard sur sa gorge où la pomme d'Adam apparaissait, proéminente, puis sur le torse à peine ombré de poils noirs…

Une idée la frappa alors. Etait-il entièrement nu sous la couette ? Elle-même ne portait pas grand-chose, se rappela-t-elle avec un trouble grandissant. Jamais ils ne s'étaient trouvés dans une situation aussi intime. La tension s'accrut en elle et ses narines palpitèrent lorsqu'elle perçut l'arôme musqué de son eau de toilette. Il sentait également le savon, ainsi qu'un autre parfum dont elle se souvenait avoir goûté la saveur à même sa peau, le soir où elle l'avait embrassé sur la terrasse du restaurant…

Il était son mari. *Son mari*, se répéta-t-elle pour se pénétrer de cette notion bizarre qui lui était aussi peu familière que de se retrouver seule au lit avec un homme nu.

— Gris, murmura-t-il soudain de cette voix grave au charme envoûtant contre lequel elle avait tant de mal à se défendre.

Elle tressaillit et son regard remonta vivement vers le visage de Luc. Il avait les yeux ouverts et la considérait, un léger sourire aux lèvres. En réaction, la main de Lizzie se crispa sur la couette. Elle aurait jailli hors du lit si elle n'avait été consciente de porter un soutien-gorge transparent et le slip coordonné qui ne cachaient pas grand-chose de son anatomie.

— Un très joli gris. Très sexy. Qui va à ravir avec votre crinière de tigresse. *Bellissima*.

— Vous voulez bien cesser de me dire que je suis belle ! se rebiffa-t-elle.

— Vous êtes décidément une étrange créature. Mais vous avez le visage le plus fascinant qu'il ait été donné d'admirer chez une femme. Vous le savez sûrement, et je ne comprends pas pourquoi vous passez votre temps à le nier.

— Vos flatteries ne m'atteignent pas, vous pouvez vous épargner cette peine.

Prenant appui sur un coude, il se rapprocha soudain d'elle et plongea son regard dans le sien.

— Que… que faites-vous ?

— Rien. Je discute tranquillement au lit avec ma femme.

Lizzie avait lâché la couette pour poser la main sur le torse de Luc, dans l'intention de le repousser. Mais la sensation de cette peau tiède et de la dureté des muscles sous ses doigts la prit par surprise. Soudain, il posa la main au creux de sa taille, dans un geste naturel, à la fois réconfortant et… très perturbant. Sous sa paume, elle captait les battements réguliers de son cœur, alors que le sien était en train de battre la chamade.

Tout à coup, il se pencha et déposa un baiser au coin de sa bouche, non pas un baiser impérieux, mais léger, espiègle.

— Inutile de vous affoler, murmura-t-il. Je ne vais pas vous manger.

— Je… je…

— Il est d'usage au réveil d'embrasser l'homme avec qui l'on dort.

S'attendait-il à ce qu'elle lui rende son baiser ? Farouche, elle refusa en secouant la tête. Nullement démonté, il poursuivit :

— C'est donc encore à moi de prendre l'initiative ? Vous exagérez, *cara*. Enfin, si cela peut vous faire plaisir…

Elle n'eut pas le temps de protester. Il la réduisit au silence en l'embrassant de nouveau, doucement, mais en resserrant son étreinte pour l'empêcher de se dégager. Cette fois, sa langue dessina le contour de ses lèvres, jusqu'à ce que Lizzie n'ait plus la force de les maintenir fermées. Dès qu'elle les entrouvrit, la langue de Luc s'aventura plus loin et entreprit d'explorer sa bouche, sans hâte, avec un plaisir voluptueux que la jeune femme ne tarda pas à partager.

Lorsqu'il se recula enfin, son cœur battait follement dans sa poitrine et elle avait l'impression que sa tête allait exploser.

— Pas mal, pour un début, commenta-t-il à mi-voix.

Ne sachant que répondre, Lizzie tenta une diversion :

— Il fait nuit… il doit être tard.

— Il est à peine minuit. Vous avez dormi quatre heures et manqué notre premier dîner en tête à tête.

— Eh bien, j'ai très faim maintenant. Aussi, si vous voulez bien enlever votre main, je vais me lever et…

— Pas de panique. Je n'ai pas l'intention de consommer notre union ici, en plein vol, avec l'équipage de l'autre côté de la porte. Cela manquerait vraiment de romantisme. Je veux juste partager avec vous un peu plus que ce que nous avons partagé jusqu'à présent… beaucoup plus.

De nouveau, sa bouche écrasa la sienne. Cette fois, il n'y avait plus aucune douceur dans son baiser avide. Il roula sur elle et, la tenant ainsi captive, l'embrassa avec une ardeur qui ne tarda pas à se communiquer à la jeune femme. Son corps se mit à vibrer et le feu du désir brûla dans son ventre tandis qu'elle l'embrassait à son tour, arquée pour mieux sentir son corps dur contre le sien. Elle remarqua à peine qu'il repoussait la couette, mais fut parcourue d'un long frémissement en sentant ses doigts courir le long de sa cuisse dénudée…

— Votre peau est douce comme la soie, chuchota-t-il à son oreille avant de reprendre ses lèvres dans un baiser encore plus possessif.

Sa main remonta sur le ventre de Lizzie, puis se referma sur un sein frémissant qu'il pétrit doucement avant de pincer le téton entre le pouce et l'index. Un éclair de plaisir transperça Lizzie qui ne put retenir un cri sourd. Mais Luc ne comptait pas s'en tenir là. Avec impatience, il dégagea son sein de son carcan de dentelle et baissa la tête pour prendre le bout rose entre ses lèvres, le mordiller, le lécher.

Lizzie dut se mordre le dos de la main pour ne pas crier de nouveau tant les sensations étaient délicieuses. Puis Luc ôta l'agrafe de son soutien-gorge pour rendre hommage à l'autre sein de la même manière.

— Vous êtes exquise, murmura-t-il.

Elle percevait la tension qui l'habitait et qu'il devait certainement maîtriser au prix d'un effort de volonté inouï. Ses mains parcouraient maintenant son corps, découvraient la courbe de ses hanches, de sa taille, de son ventre. Haletante, Lizzie aurait été bien incapable de le repousser. Il avait dompté son corps, s'en était rendu maître peu à peu et en jouait comme d'un instrument, avec l'habileté diabolique d'un concertiste.

Lizzie planait dans un univers irréel. La réalité abrupte aurait dû la frapper lorsqu'elle sentit l'érection de Luc contre sa cuisse, pourtant elle continua de savourer les sensations grisantes qui explosaient en elle. Il fit remonter sa main entre ses cuisses et, sans hâte, entreprit d'explorer sa féminité. Lizzie poussa seulement un long soupir lorsqu'il la pénétra d'un doigt, soupir qu'il cueillit au bord de ses lèvres tout en l'étudiant entre ses paupières mi-closes.

C'est seulement lorsqu'il se mit à tirer sur la dentelle de

sa culotte qu'elle sortit de sa transe et, affolée, l'agrippa par le poignet pour l'immobiliser.

Surpris, il lui lança un regard interrogateur. Mais Lizzie le repoussa violemment et se réfugia contre la tête de lit, les bras refermés sur ses jambes repliées.

— Vous… vous aviez dit…, bégaya-t-elle.

Les traits durcis, il rétorqua :

— Je sais ce que j'ai dit. Parfois, les choses nous échappent. Vous sembliez si consentante !

De toute évidence, il lui en voulait de l'avoir rejeté en ce moment d'intense passion. En le voyant si magnifique dans sa nudité virile, Lizzie faillit capituler. Mais une petite voix dans sa tête lui soufflait qu'elle ne devait pas lui faire confiance, qu'en dépit de sa promesse il avait bien failli lui faire l'amour, ici même, à l'instant.

D'un mouvement farouche, elle rejeta en arrière sa lourde crinière bouclée.

— Essayez-vous de jouer avec moi ? demanda-t-il d'un ton courroucé.

— Vous ne comprenez pas, Luc…

— Je comprends surtout que vous êtes une petite allumeuse !

D'un mouvement brusque, il quitta le lit. De son côté, Lizzie attrapa sa robe de ses doigts tremblants et se détourna. Elle n'avait pas l'intention de culpabiliser alors que c'était lui qui n'avait pas tenu parole !

— Vous m'avez fait une promesse, lui rappela-t-elle sur un ton de reproche. Les hommes qui mentent, on peut les allumer ou les éteindre, au choix. Ils n'ont que ce qu'ils méritent !

Rhabillée, elle trouva le courage de lui faire face. Debout près du lit, il avait enfilé son pantalon et son T-shirt. Soudain il se pencha pour ramasser par terre quelque chose qu'il lança à la jeune femme.

— Tenez, dit-il, vous feriez bien de mettre cela avant de regagner la cabine si vous ne voulez pas que mon steward ait une crise d'apoplexie.

Puis il traversa la chambre et sortit. La porte se referma dans un doux cliquetis. C'était un de ces systèmes modernes qui fonctionnaient tout en douceur, mais Lizzie ne s'y trompa pas : Luc avait eu l'intention de la claquer et tout autre porte se serait écrasée avec fracas contre le chambranle.

Le reste du voyage se passa dans une ambiance de froide politesse, ponctuée çà et là de conversations contraintes. Lizzie mangea un peu et Luc but beaucoup de café. Il ne fut plus question de cognac.

Finalement, il se saisit d'un épais attaché-case et se plongea dans ses dossiers d'un air concentré. Lizzie aurait aimé pouvoir s'absorber dans une tâche similaire, mais elle n'avait rien pour se distraire l'esprit. Elle était désormais l'épouse gâtée d'un homme richissime, et son poste d'assistante auprès de son père n'était plus qu'un lointain souvenir. Manifestement, son nouveau rôle consistait à paraître au côté de son mari et à se taire quand il travaillait. Car, à la mine renfrognée qu'il arborait, c'était exactement ce qu'il attendait d'elle.

Elle finit par s'assoupir, pelotonnée dans son fauteuil, la tête calée contre l'accoudoir.

A son réveil, un peu plus tard, elle s'aperçut que quelqu'un avait drapé sur elle une couverture. Luc travaillait toujours sur le siège en face.

Un moment, elle l'observa à la dérobée, suivit le tracé nerveux du stylo plume qui courait sur le papier, les gestes précis, déterminés. C'était ce même stylo dont elle s'était servi pour signer le contrat prénuptial, se remémora-t-elle machinalement. Elle reconnaissait la pointe en platine et l'anneau d'or qui le ceignait en son centre.

— Deux « r » à « irresponsable », s'entendit-elle dire au bout d'un moment.

La pointe en platine s'immobilisa sur le papier. Luc releva la tête et ses yeux noirs se posèrent sur elle avec un froid détachement. Il haussa les sourcils.

— Deux « r » à « irresponsable », insista-t-elle. Votre phrase dit : « Cette attitude est irresponsable et inacceptable ». Si vous faites une faute d'orthographe, elle perdra de son impact.

— Vous me surveillez ?

— Je voulais juste vous épargner une erreur embarrassante, répliqua-t-elle avec un léger haussement d'épaules.

Il la dévisagea encore un moment, puis un sourire hésitant dérida ses traits.

— Vous avez raison, espèce de petite furie rousse !

— Je ne suis pas rousse.

— Ah bon ? Comment doit-on dire, alors ?

— Auburn. Mes cheveux sont auburn. Et très indisciplinés, soupira-t-elle en soufflant sur une boucle qui caracolait sur son front.

— Comme vous.

— Ah, vous avez remarqué ?

— Ce serait difficile de l'ignorer.

— Et avez-vous également remarqué que j'étais encore vierge ? demanda-t-elle alors d'un air dégagé.

6.

Si elle avait voulu le prendre au dépourvu, elle y avait parfaitement réussi. Luc se redressa, heurta le dossier de son siège et une chemise cartonnée s'ouvrit, laissant s'échapper une liasse de feuillets dactylographiés.

— Si c'est une plaisanterie..., commença-t-il d'un ton menaçant.

— Je me suis dit qu'il valait mieux que je mentionne le fait avant... avant que les choses ne se précipitent de nouveau.

— Vierge ! répéta-t-il, abasourdi. Vous êtes vierge... Et c'est maintenant que vous me le dites !

— Et quel moment aurais-je dû choisir ? Vous auriez préféré que je le précise sur ce satané contrat prénuptial, pour avoir le temps de vous faire à l'idée ?

— Enfin... nous étions sur le point de faire l'amour...

— Non, je vous ai arrêté. Parce que je suis une horrible allumeuse, bien sûr.

A court de mots, il se passa la main sur la nuque. Lizzie reprit :

— Je me proposais de vous le dire dans... dans la chambre, tout à l'heure, mais vous êtes devenu désagréable et... maintenant, je regrette de vous en avoir parlé !

— Moi aussi, marmonna-t-il dans sa barbe.

— Si cela vous contrarie tant que cela, vous devriez changer de femme illico. C'est votre habitude, non ?

— Cela ne me contrarie pas, rétorqua-t-il avec raideur. Et je n'ai pas changé de femme, comme vous dites. C'est Bianca qui est partie.

— Je commence à comprendre pourquoi !

Lizzie luttait contre les larmes. Luc venait de lui rappeler — si besoin était — qu'elle n'était qu'un « second choix », que si Bianca ne s'était pas enfuie, elle ne se serait pas trouvée devant lui en cet instant.

Avec dignité, elle se leva et, pour se donner une contenance, entreprit de ramasser les papiers éparpillés sur le sol.

— Je suis qui je suis, vous-même ne changerez pas, et je crois que cela en dit long sur les perspectives de ce stupide mariage. Mais je ne vais pas pratiquer la politique de l'autruche et prétendre que je vous repousserai chaque fois que vous me toucherez, parce que nous savons tous les deux que j'ai envie de vous.

— Elizabeth…

— Non ! Taisez-vous. J'en ai assez de vos petites phrases assassines.

— Mais je n'avais pas l'intention de…

— Oh si ! C'est votre façon de vous exprimer, vous ne savez pas faire autrement, de toute façon.

D'un geste rageur, elle essuya les larmes qui, cette fois, avaient débordé de ses yeux. Ayant rassemblé les feuillets, elle se releva.

— Avec vous, je ne sais jamais comment réagir et cela me rend la situation très pénible.

— Vous croyez être la seule ? Moi aussi, je suis déstabilisé. C'est la première fois que je rencontre une femme comme vous. Tantôt vous êtes réservée, ultrasensible, voire timide, tantôt vous vous déchaînez, sous le coup de la colère ou sous l'emprise de la passion !

— Eh bien, maintenant vous savez pourquoi, dit-elle en déposant la liasse de feuillets sur la table.

— Vous êtes vierge…

— Et piégée dans un mariage que je n'ai pas souhaité.

— Auprès d'un homme que vous désirez pourtant.

Lizzie ne répondit rien, car elle n'avait pas d'argument à lui opposer. Oui, elle le désirait, et elle le regrettait amèrement. Elle le désirait depuis si longtemps que le sentiment de culpabilité ne s'était pas encore entièrement dissipé.

Elle se mit en quête de ses chaussures et, au bout d'une minute, déclara enfin :

— Je ne me fais pas d'illusions, je sais que pour vous je ne suis qu'un pis-aller. Et si vous pensez que cela m'est égal, vous vous trompez. Oui, j'aurais préféré être la première. Oui, j'aurais préféré choisir l'homme à qui j'offrirai ma virginité. Et j'aurais aussi préféré que vous ne considériez pas cet état comme une sorte de peste sociale !

— Ce n'est pas du tout l'impression que je voulais vous donner. Je vous prie de me pardonner.

Le ton était froid, compassé.

— J'ai… j'ai été pris au dépourvu, argua-t-il encore.

Lizzie s'était elle-même surprise en lui faisant cet aveu brutal, et elle s'en mordait maintenant les doigts.

— Je conçois que vous n'ayez pas envie de banaliser nos relations sexuelles et… je suis prêt à attendre, ajouta-t-il.

Et voilà. Maintenant, il ne voulait même plus lui faire l'amour. Elle ne l'intéressait plus.

— Merci beaucoup de votre compréhension, dit-elle d'un ton glacé.

Le voyant qui avertissait les passagers de boucler leur ceinture s'était allumé. Soulagée de cette diversion, Lizzie regagna son siège, puis s'occupa les mains en repliant la couverture.

Une voix jaillit du haut-parleur :

— Luc, nous atterrirons d'ici cinq minutes. Le temps est sec, le taux d'humidité est de soixante-quinze pour cent. Il est 21 h 33. Santo vous attend à bord de votre voiture.

Luc vint s'asseoir à son tour. Alors que l'avion entamait sa descente, ils n'échangèrent plus un regard, et un silence chargé d'électricité s'installa entre eux.

A leur arrivée, les formalités furent vite expédiées. L'air de la nuit était tiède et chargé d'arômes épicés. La voiture qui était venue à leur rencontre était un 4x4 pourvu d'un coffre immense qui accueillit tous leurs bagages. Le chauffeur les salua d'un sourire éblouissant qui procura à Lizzie un peu de réconfort dans l'univers morose qui était désormais le sien.

Peu après, ils longèrent une jolie ville qui s'arrondissait autour d'un port en forme de fer à cheval. A la surface de l'eau, on voyait danser les triangles argentés des voiles sur lesquelles se reflétaient les rayons de lune.

— Vous aviez dit qu'il n'y aurait que des pélicans ici ? s'étonna Lizzie.

— C'était encore une preuve de mon humour déplorable, je le crains.

Il ne faisait décidément aucun effort et la tension ambiante augmenta encore d'un cran. Lizzie, qui avait vaguement espéré un retour à la normale après la scène pénible qui les avait opposés dans l'avion, en fut pour ses frais. Murée dans son silence, elle feignit de s'absorber dans la contemplation du paysage nocturne.

Enfin ils franchirent un haut portail. Une plantation se dressait au bout de l'allée et, à la vue de la façade rose élégante éclairée par de puissants spots, Lizzie se demanda si c'était dans ce même endroit que Luc avait eu l'intention d'emmener Bianca en lune de miel.

Mais elle devait chasser de son esprit ce type de pensées. La situation était déjà assez difficile comme ça.

Un petit groupe d'employés attendaient leur arrivée sous le porche. Souriants, ils accueillirent leur patron et sa jeune épouse par de sympathiques félicitations que, en d'autres circonstances, la jeune femme aurait beaucoup appréciées.

La demeure semblait tout droit sortie d'un film de Hollywood et pour un peu, on se serait attendu à voir des dames en crinoline sortir par la grande porte sculptée. L'océan était tout près, on l'entendait et on le sentait, même si le parfum du jasmin était le plus présent dans l'air.

— Venez, lui dit Luc en l'invitant d'un geste à le suivre.

Sa main vint se poser au creux de son dos. Il jouait les maris modèles devant les domestiques, comprit-elle. Mais il avait marqué une hésitation qu'elle avait bien notée, et elle savait ce que cela signifiait : il n'avait plus envie de la toucher. Apparemment, lui avouer son manque total d'expérience dans le domaine du sexe lui avait fait l'effet d'une douche froide.

L'intérieur de la maison était tout aussi beau que celui de la villa du lac de Côme, même si la décoration était fort différente ici, déclinée dans des teintes pastel. Lizzie découvrit l'immense hall et son impressionnant escalier de marbre blanc qui s'élevait vers l'étage en mezzanine. Un énorme ventilateur suspendu au plafond brassait doucement l'air et vint soulever ses cheveux tandis qu'elle pivotait sur elle-même pour mieux admirer son nouvel environnement.

— Nous procéderons aux présentations en bonne et due forme demain. Pour l'heure, voici Nina, *cara*.

A côté de Luc se tenait une minuscule jeune femme à la peau sombre et aux grands yeux noirs, qui dévisageait Lizzie avec un timide sourire.

— Nina officie en tant que gouvernante, elle dirige la domesticité et s'occupe de toute l'intendance, expliqua encore

Luc. C'est à elle qu'il faut s'adresser si vous avez besoin de quoi que ce soit.

Lizzie retrouva son sourire pour dire quelques mots à Nina après lui avoir serré la main.

— Je suis ravie de vous accueillir ici, *signora* De Santis, et je me permets de vous réitérer nos félicitations, au nom de l'équipe tout entière.

Son petit laïus préparé sonna un peu faux après l'accueil enthousiaste de ses collaborateurs, quelques minutes plus tôt. Lizzie réussit néanmoins à lui répondre avec naturel et gentillesse.

— Ma femme voudra certainement aller se changer et se rafraîchir dans sa chambre, intervint Luc.

— Bien sûr. Si vous voulez bien me suivre, *signora*...

Lizzie obtempéra. Parvenue à mi-hauteur dans l'escalier, elle entendit un bruit de pas qui lui indiquait que Luc venait de s'en aller de son côté. Toutefois elle refusa de tourner la tête ou de manifester la moindre curiosité.

Sa suite était superbe, décorée dans des tons bleu, ivoire et rose tyrien. Deux domestiques étaient déjà occupées à défaire les valises. Une autre s'activait autour du grand lit à baldaquin, et une quatrième achevait en fredonnant de dresser le couvert sur une table installée devant la porte-fenêtre qui donnait sur le balcon.

— La salle de bains se trouve ici, *signora*. Désirez-vous que l'on vous fasse couler un bain ?

Par la porte que Nina venait d'entrebâiller, Lizzie aperçut l'éclat laiteux du marbre italien et les reflets dorés de la tuyauterie. Elle secoua la tête :

— Merci, mais je crois que je vais d'abord explorer tout cela... si cela ne vous dérange pas dans votre travail.

Aussitôt, Nina claqua dans ses mains pour réclamer l'attention des autres domestiques :

— Venez, la *signora* souhaite être seule pour le moment.

Sans se départir de leur sourire, les jeunes employées quittèrent la chambre et la porte se referma, abandonnant Lizzie avec ses pensées sinistres. S'étant laissée choir dans le fauteuil, elle se mit à fixer le grand lit, les épaules voûtées, le regard vide. Elle avait l'impression d'être une fleur coupée qui, peu à peu, se flétrissait. Ses yeux glissèrent sur les valises à monogramme, encore pleines de vêtements griffés, puis sur la table où le couvert était mis pour deux. Une unique fleur d'hibiscus rouge attirait l'œil dans son soliflore blanc, et deux bougies flottantes dans leur vase de cristal n'attendaient plus que d'être allumées…

Une épouse triste et abattue, un mari réticent qui, en cet instant même, devait vider un verre de cognac pour se donner du courage… c'était vraiment la parfaite lune de miel !

Avec un soupir, elle alla inspecter le contenu des valises pour savoir laquelle renfermait ses affaires. Mais elle ne reconnut aucun des habits, pas plus d'ailleurs que parmi les tenues déjà suspendues dans le dressing adjacent.

Machinalement, elle ouvrit un tiroir, découvrit des pièces de lingerie, toutes plus ravissantes et sexy les unes que les autres : de soie, en dentelle, et de toutes les couleurs, rose poudre, beige chair, lavande, vert amande, indigo, carmin… Et puis il y avait ces vêtements d'un chic incontestable qui suivaient au plus près la tendance du moment. Des robes et des tuniques cintrées, des jupes à la ligne ultra féminine, des pantalons en flanelle douce, des jeans slim à porter avec toute une collection de boots et de ballerines, des pulls en cachemire d'une qualité et d'une douceur incomparables, des ceintures larges, fines, en cuir ou en strass, tous les sacs à la mode, des chapeaux, des mitaines, des écharpes, des foulards…

La penderie d'une princesse.

Elle soupira de nouveau et se rendit dans la salle de bains. La baignoire avec option bain bouillonnant trônait dans la pièce, équipée également de deux cabines de douche. Au-dessus des lavabos jumeaux en porcelaine blanche, deux grands miroirs renvoyaient le reflet des étagères de bois sombre qui contenaient tous les pots, tubes, flacons de crèmes, parfums et produits de maquillage qu'une femme aurait pu souhaiter dans son cabinet de toilette.

Tout cela avait très vraisemblablement été préparé dans l'intention de faire plaisir à Bianca, mais Lizzie refusait de s'attarder sur cette pensée.

Elle se déshabilla et entra dans la douche.

Dix minutes plus tard, elle regagna la chambre et se rendit compte, sans grande surprise, que les domestiques étaient revenues pour finir de ranger ses affaires.

Enveloppée dans un peignoir qu'elle avait trouvé suspendu à la porte de la salle de bains, elle s'approcha de la porte-fenêtre, tout en se séchant les cheveux à l'aide d'une serviette. Sur une impulsion, elle sortit sur le balcon. Pieds nus, elle marcha sur les lattes de bois exotique et alla s'appuyer à la rambarde de fer forgé pour tenter de discerner le paysage environnant. En dépit de l'obscurité qui régnait partout désormais, elle crut distinguer au lointain la couronne mousseuse d'une vague qui s'écrasait sur le rivage. La mer ne devait guère être qu'à une centaine de mètres de distance. Et, une fois ses yeux accoutumés à la faible luminosité, elle parvint même à distinguer un petit kiosque peint en blanc, à mi-chemin entre la maison et la plage.

Soudain, elle aperçut Luc qui s'approchait sur le sentier. Il la vit à son tour et sa voix détachée monta jusqu'à elle dans la nuit :

— Vous allez vous faire dévorer par les moustiques si vous restez dehors à prendre le frais.

— Et si vous persistez à jouer les rabat-joie, je vais écumer la maison à la recherche d'une bouteille de cognac et la vider toute seule dans mon coin ! riposta-t-elle.

— Dans ce cas, je me joindrai peut-être à vous.

— Oh non, vous avez visiblement bien trop envie de bouder tout seul, sûrement parce que j'ai gâché votre lune de miel !

Et sur ces paroles, elle rentra dans la chambre avant de refermer la porte-fenêtre.

Luc la rejoignit quelques minutes plus tard, alors qu'elle était en train de fixer une barrette dans ses cheveux encore humides. L'épaule calée contre le chambranle de la porte, la main glissée dans sa poche de pantalon, il était aussi séduisant qu'à l'accoutumée, et incroyablement sexy. Lizzie, qui avait pourtant projeté de l'ignorer, se trouva dans l'incapacité de détourner le regard de sa haute silhouette.

— Bon, que décidons-nous ? Allons-nous donner une chance à ce mariage ou nous rabattre sur la bouteille de cognac ? demanda-t-il.

— Je crois que si nous avons tenu tout ce temps, répliqua-t-elle en posant son peigne sur la coiffeuse, c'est que nous nous sommes à peine croisés la semaine dernière.

— Cette semaine a été plutôt chargée pour moi, *cara*. J'ai dû jongler avec les préparatifs de la cérémonie, une fiancée et un beau-père récalcitrants…

— Dieu merci, la lune de miel était prévue depuis longtemps, vous n'avez pas eu à vous creuser la tête à ce sujet !

Les mots avaient jailli avant qu'elle puisse les retenir. Elle se raidit, les poings serrés et, dans le silence qui était retombé, attendit.

Mais Luciano ne pipait mot.

— Tout cela ne rime… à rien, bredouilla-t-elle finalement. Il vaudrait mieux que je… rentre chez moi.

— Chez votre père que vous avez tant déçu ?

C'était un coup bas. Il se montrait délibérément cruel et Lizzie frémit. Il soupira avant de l'informer sèchement :

— Bianca voulait rendre visite à des parents australiens, aussi il était prévu que nous passions notre lune de miel dans un grand hôtel de Sydney, avec vue sur l'opéra et la baie. Elle n'aurait pas aimé cet endroit, c'est trop calme, trop retiré… Bianca a bien trop besoin de briller et de se montrer pour se contenter d'une petite île des Caraïbes. Je suis surpris qu'elle ne vous ait pas parlé de notre projet de lune de miel à Sydney, puisqu'il paraît que vous n'aviez pas de secret l'une pour l'autre.

— Nous savons tous deux que Bianca ne me disait pas tout, loin de là. Et… je suis désolée d'avoir tiré des conclusions si hâtives… Je vous demande pardon.

Le visage plus fermé que jamais, Luciano haussa les épaules.

— Nina nous a préparé un dîner léger. Préférez-vous le prendre ici ou descendre ?

Le regard de Lizzie vola un instant vers la table joliment décorée et si romantique avec ses bougies, son argenterie et sa porcelaine blanche.

— Je préfère descendre, se hâta-t-elle de répondre.

— Très bien. Rejoignez-moi d'ici cinq minutes, dit-il avant de sortir.

Lorsque Lizzie gagna le rez-de-chaussée peu après, elle tomba sur Nina qui l'attendait pour la conduire dans la salle à manger. Luc était installé à une petite table ronde. Entre les deux assiettes, on avait déposé un plat fumant qui contenait des *spaghettis alle vongole*. De temps en temps, dans un geste machinal, Luc piochait une palourde dans le plat, tout en contemplant quelque chose dans le jardin ou sur la terrasse.

A la vue de Lizzie, il se leva et son regard sombre glissa sur la robe de soie prune brodée de sequins qu'elle avait décidé de mettre ce soir-là avec de fines sandales en cuir verni. Elle se sentit rougir et se détesta d'être aussi sensible à l'opinion qu'il pourrait avoir d'elle. Mais ce n'était pas facile : il était si beau dans sa veste de soirée d'une élégance raffinée.

Il tira une chaise à son intention.

— Vous n'avez sans doute pas très faim, mais essayez de manger un peu, sinon Nina va commencer à se poser des questions. Je crois qu'elle est perturbée par la tension qu'elle perçoit entre nous. Je ne voudrais pas en plus l'offenser en dédaignant sa cuisine.

Lizzie hocha la tête. Elle avait bien remarqué l'expression perplexe de la gouvernante tout à l'heure, dans le hall. Des jeunes mariés sont censés être follement amoureux. En général, ils ne pensent qu'à s'isoler du reste du monde pour se consacrer l'un à l'autre. Et Luc et elle étaient bien loin de cette image d'Epinal !

Le fumet qui s'échappait du plat était alléchant, il fallait en convenir. Lizzie se servit en pâtes, tandis que Luc saisissait la bouteille de champagne qui reposait dans son seau à glace et la débouchait pour remplir deux flûtes.

— Ne buvez pas avant d'avoir mangé un peu, lui conseilla-t-il.

Lizzie eut un petit rire :

— On dirait mon père !

— Je n'ambitionne pas du tout de prendre sa place, si c'est ce que vous craignez !

Le repas se déroula dans un silence électrique. Luciano ne tenta pas de croiser le fer, mais, à sa mine renfrognée, il était évident qu'il était d'une humeur sombre. Quant à Lizzie, elle se sentait incapable de mener une conversation légère quand elle songeait à ce qui se passerait ensuite.

Car précisément, elle ne savait pas du tout comment les choses allaient tourner.

Avant le voyage, tout était clair dans son esprit puisque Luc avait énoncé sans la moindre ambiguïté l'avenir qui se profilait devant eux : mariage, relations conjugales, bébés.

Mais tout avait changé au cours du vol qui les avait amenés aux Caraïbes.

Sans avoir prémédité sa décision, elle se leva soudain, posa sa serviette sur la table.

— Il est tard, je vais me coucher.

Elle n'osa même pas croiser son regard et Luciano ne fit aucun commentaire. Il demeura assis sur sa chaise, à faire tourner sa flûte de champagne entre ses doigts. Et Lizzie s'éclipsa au plus vite pour se retirer dans sa chambre.

Les rideaux bleu pâle avaient été tirés, la table débarrassée. Sur le lit, un coin du drap avait été retroussé, dans une invite au sommeil. Quelqu'un avait éteint le plafonnier pour allumer les veilleuses posées sur les deux tables de chevet.

En découvrant l'ambiance feutrée de la pièce, Lizzie frissonna en dépit de la température tout à fait clémente.

Elle se dévêtit, enfila une chemise de nuit de soie blanche, la première qu'elle dénicha dans la commode. Puis, ayant ôté sa barrette, elle secoua ses cheveux sur ses épaules. Elle ne jeta pas un regard au miroir, de peur de se découvrir livide, et se glissa dans le lit.

Des heures durant, elle demeura immobile dans le noir, à se repasser encore et encore le film des récents événements, à revivre leurs disputes et à… attendre. Enfin, ayant compris que sa nuit de noces serait un simulacre au même titre que son mariage, elle finit par s'endormir.

Dans son rêve, elle était étendue sur le sable doré de la plage, à savourer la morsure du soleil sur sa peau. Les vagues lui léchaient les pieds, elle était bien… quand la sensation d'une main sur son épaule la tira brusquement du sommeil.

Lizzie ouvrit les yeux et sentit une bouche tiède et humide se poser juste sous son oreille.

Elle retint son souffle.

7.

— Non, ne bougez pas, chuchota Luc.

Mais le cœur de Lizzie s'était mis à tambouriner. Déjà, des ondes sensuelles la parcouraient, faisaient monter en elle un mélange de peur et de désir.

— Je croyais que…

Il l'empêcha de poursuivre d'un baiser, puis murmura contre sa bouche :

— Nous allons sauver notre nuit de noces, *amore*. Et nous allons prendre tout notre temps, le temps qu'il faudra. N'ayez pas peur.

Lizzie aurait voulu lui dire qu'elle ne le craignait pas, mais elle était incapable de parler avec sa main qui s'était posée sur son ventre et remontait, doucement, dans une lente caresse, sur la soie de la chemise de nuit qui épousait ses courbes. Il était étendu tout contre elle et elle percevait sa chaleur contre son corps déjà consentant.

Il était nu.

Fermant les yeux, elle entrouvrit les lèvres. Dans un soupir, Luciano inséra sa langue dans sa bouche, l'explora, d'abord lentement, puis avec une passion grandissante, de plus en plus exigeante. Emportée par un tourbillon érotique, Lizzie se cramponnait à ses épaules. La main de Luc s'égara sous les draps, trouva l'ourlet de la chemise de nuit. D'un mouvement preste, il la remonta entièrement jusqu'à la faire passer par-dessus la tête de la jeune femme.

Leur baiser, brièvement interrompu, reprit avec une fièvre décuplée, tandis qu'il explorait son corps révélé, caressait ses cuisses, son dos, éprouvait la finesse de sa taille entre ses deux mains.

Lizzie tressaillit de plaisir en sentant une paume s'arrondir autour de son sein dont il se mit à titiller la pointe du pouce. Embarrassée, elle sentit sa poitrine se gonfler. Mais Luc continua, jusqu'au moment où il se pencha pour prendre dans sa bouche un téton durci. Une décharge de plaisir la transperça et fusa jusque dans son ventre. Elle poussa un petit cri étouffé, puis, yeux clos, savoura les sensations délirantes qu'il faisait naître en elle.

Quand Luc se redressa pour capturer de nouveau sa bouche, elle glissa la main sur sa nuque et lui rendit follement son baiser, avec une ardeur qu'elle ignorait posséder. Il voulut s'écarter, mais elle le retint et, dans sa fièvre, planta ses ongles dans la chair de ses épaules.

— Petite furie ! gronda-t-il.

Lizzie voulait sentir ses mains sur elle, elle voulait reprendre là où ils s'étaient arrêtés dans l'avion, juste avant qu'elle ne panique. Cette fois, elle voulait aller au bout de cette expérience voluptueuse.

— Doucement, Elizabeth. Il n'est pas question de faire cela à la va-vite, objecta-t-il. Je ne veux pas vous brusquer.

— Si, brusquez-moi ! murmura-t-elle, éperdue.

Elle entendit le sourire dans sa voix lorsqu'il répondit :

— Pour que vous m'accusiez ensuite de vous avoir forcé la main ? Sûrement pas !

— Comment ? Mais… je ne ferai jamais ça ! protesta-t-elle.

— Si. Parce que vous ne voulez pas avoir envie de moi. Vous oubliez juste ce léger détail. Et je parie qu'une fois la chose faite, vous trouverez toutes les raisons du monde pour vous dégager de votre responsabilité.

— Comment pouvez-vous être si… si détaché, si froid, en un moment pareil ?

— Je ne suis ni froid ni détaché. J'essaie juste de jouer franc-jeu avec vous.

Lizzie redressa la tête. Le plaisir quittait peu à peu son corps pour laisser la réalité reprendre ses droits. Elle eut un rire amer :

— Jouer franc-jeu ? Depuis le début de cette histoire, je n'ai pas eu mon mot à dire ! J'ai l'impression que vous voulez encore me faire signer un autre contrat avant de daigner vous intéresser à ce mariage !

Elle n'avait pu retenir ce reproche, même si sa raison lui criait de se taire. Luciano s'était figé. Le cœur battant, elle se mordit la lèvre et attendit, avec le sentiment d'être piégée par son entêtement puéril qui lui interdisait de s'excuser. Tout à coup elle sentit que leur différence d'âge avait vraiment son importance, et à son détriment.

— Dites quelque chose, supplia-t-elle enfin.

Comme s'il venait de prendre une décision, Luciano allongea le bras et, tout à coup, la lumière inonda la chambre. Lizzie n'en fut pas rassurée pour autant, au contraire. Le regard noir de son mari la vrillait, et elle ne savait toujours pas ce qu'il avait l'intention de faire…

En tout cas, elle ne s'attendait pas à ce qu'il la prenne par la nuque et lui renverse la tête en arrière pour poser sa bouche brûlante sur son cou. Rien ne l'avait préparée à ce qui allait suivre, une opération de séduction de haut vol, par un homme d'expérience, déterminé à obtenir ce qu'il désirait sans faire de concessions, sans s'embarrasser de scrupules face à l'innocence de sa partenaire.

Il lui faisait l'amour avec sa bouche, attisant chaque petite sensation, la faisant éclore et la poussant jusqu'à son paroxysme avec une habileté diabolique. Ses mains couraient sur la peau de Lizzie, ses lèvres glissaient dans les endroits les plus secrets de son corps, il l'envoûtait et lui faisait peu à peu perdre toute raison, toute volonté et toute retenue. Elle était son esclave, captive de sa propre passion qu'elle ne savait comment refréner.

Elle osa enfin partir à la découverte de son corps viril, avec une timidité et une gaucherie qui ne parurent pas lui déplaire. Elle le sentit même trembler une fois ou deux, quand sa main s'aventurait dans un endroit encore inexploré. Mais il demeurait maître de la situation, et lorsque finalement sa main s'immisça entre les cuisses de la jeune femme, elle finit de perdre pied avec la réalité pour se noyer dans les sensations qui culminaient au creux de son ventre et irradiaient dans chacun de ses membres.

Elle avait fermé les yeux bien plus tôt en signe de reddition, mais cette fois, en le sentant se positionner entre ses jambes qu'il écarta d'un geste autoritaire, elle voulut le voir, rencontrer son regard brûlant et le soutenir au moment où il allait faire d'elle une vraie femme. Elle sentait la dureté de son sexe sur le point de la pénétrer. Luciano baissa alors la tête pour capturer ses lèvres dans un baiser grisant. En même temps, ses mains lui encerclèrent les hanches et il entra en elle d'un long coup de reins.

Lizzie ressentit une douleur fulgurante mais fugace, aussitôt assourdie par la sensation de plaisir qui allait croissant. Ancré en elle, Luc l'emplissait entièrement. L'impression physique était aussi nouvelle que merveilleuse. Doucement, il lui murmura des paroles rassurantes en italien, qui achevèrent de chasser les dernières sensations d'inconfort. Puis, afin de se mouvoir plus librement, il lui releva les jambes et les noua autour de sa taille. Dans cette position, Lizzie se sentit encore plus livrée et vulnérable. Ses bras se refermèrent sur les larges épaules et elle s'abandonna au rythme ancestral qu'il lui imposait, d'abord lent et régulier, puis plus rapide et saccadé à mesure que leurs deux corps s'embrasaient.

— Regarde-moi ! murmura-t-il en lui prenant la tête entre ses mains pour dégager son visage de ses cheveux en désordre.

Lizzie n'aurait pu se dérober à cette injonction. Un premier cri franchit sa gorge, rauque, presque animal. Puis ce fut une explosion indescriptible qui la propulsa dans l'extase où Luc la rejoignit dans un grondement sourd.

Exténuée et encore étourdie, Lizzie reprit lentement conscience du monde qui l'entourait… Le poids de Luc retombé sur elle… Les battements désordonnés de son cœur qu'elle percevait à travers sa cage thoracique. Elle avait gardé les jambes autour de sa taille. Et elle savait que cette image d'eux enlacés dans une étreinte intime ne la quitterait plus durant le reste de sa vie.

Ses bras glissèrent le long des épaules de Luc et retombèrent sans force sur le drap. Au bout d'un moment, il se décida lui aussi à bouger et se redressa légèrement. Appuyé sur un coude, il tendit le bras pour éteindre la lumière.

Le noir se fit dans la chambre.

Ce fut brutal et inattendu. Luc se mit sur le côté, sans lâcher Lizzie, mais sans prononcer le moindre mot, et ce silence lui donna l'impression qu'il s'attendait maintenant à ce qu'ils s'endorment sur-le-champ !

Elle sentit ses yeux se noyer de larmes brûlantes et sa gorge se contracta douloureusement. Après l'orgasme, son corps était comme engourdi et elle s'étira, membre après membre, mais Luc ne réagit pas. Et lorsque enfin, incapable de supporter davantage le silence, elle voulut parler, il la prit par la nuque et lui enfouit le visage contre son torse.

Il s'endormit dans cette position.

Lizzie ne s'était jamais sentie aussi misérable de toute sa vie. Cherchait-il à la punir après les piques dont elle l'avait accablé ? Voulait-il lui prouver que, dans tous les cas de figure, c'est lui qui conservait le contrôle de la situation ? Il est vrai qu'elle se montrait parfois puérile, mais c'était plus fort qu'elle, il la mettait tellement en colère qu'elle ne pouvait s'empêcher de riposter et, très vite, c'était l'escalade…

En fait, elle avait du mal à comprendre ses propres réactions.

Elle tenta de se dégager, mais le bras puissant de Luciano la retint. Elle finit par renoncer et trouva même un certain réconfort à se sentir ainsi maintenue contre lui. Peu à peu, elle se détendit.

Il ne lui vint pas à l'idée que Luc était étendu dans le noir, les yeux grands ouverts, sidéré par cette expérience éblouissante, la plus émouvante de sa longue vie de célibataire endurci…

Lizzie se réveilla tard le lendemain matin pour trouver la place vide à ses côtés. Dans une certaine mesure, elle en fut soulagée. Se retrouver face à Luc ce matin-là aurait été embarrassant, elle se sentait trop vulnérable et aurait eu trop peur de dire quelque chose de stupide. Elle allait prendre une longue douche et tâcher de recouvrer ses esprits avant d'oser affronter son mari.

Alors qu'elle s'attardait sous le jet chaud de la douche, les événements de la nuit repassèrent dans son esprit. Elle se remémora les mots passionnés, les caresses brûlantes, le plaisir qui montait, puis l'apothéose finale… Quelle alchimie entre eux ! Comment pouvaient-ils se disputer si férocement et éprouver une telle félicité dans les bras l'un de l'autre ? Lizzie avait conscience que, cette nuit, elle avait permis à Luciano De Santis de prendre sur elle un terrible pouvoir.

Pourquoi ?

Parce qu'elle l'aimait ?

Non ! Dans un sursaut, elle refoula cette pensée saugrenue. Bien sûr qu'elle ne l'aimait pas. Elle ne voulait surtout pas tomber amoureuse de lui !

Ô seigneur, non... Elle refusait de glisser sur ce chemin sans issue.

Il lui fallut du courage pour quitter la chambre une heure plus tard et gagner le rez-de-chaussée. En dépit de ses réflexions, elle n'avait toujours pas résolu le mystère de la nuit passée. Elle était courbatue, avait les nerfs à fleur de peau et ne savait pas du tout à quoi s'attendre lorsqu'elle se retrouverait face à Luc.

Une fois dans le hall, elle hésita, puis suivit son instinct qui la conduisit dans la pièce où ils avaient dîné la veille. Il était tard et l'heure du déjeuner devait approcher, bien que son horloge biologique soit déréglée et qu'elle ne sache plus très bien si elle était encore à l'heure italienne ou à celle des Caraïbes.

A la lumière du jour, la pièce semblait différente, plus vaste. Pour bloquer les rayons ardents du soleil et rafraîchir l'atmosphère, on avait déroulé un auvent au-dessus de la porte-fenêtre. Lizzie s'en approcha. La brise en provenance de la mer faisait ondoyer le tissu à rayures jaune et blanc. Au-delà de la terrasse, on apercevait l'eau bleu miroitante d'une piscine et, plus loin encore, la verte luxuriance d'un jardin tropical. C'est ce jardin que traversait une portion du chemin entraperçu la veille, qui menait à une plage de sable blanc longeant des eaux turquoise. De ce côté-ci de la maison, on n'apercevait pas le petit kiosque blanc.

Un bruit derrière elle la fit se retourner vivement. Ce n'était pas Luciano, comme elle l'avait craint, mais Nina qui venait de faire son entrée dans la salle à manger, le sourire aux lèvres.

— Vous voici, *signora* ! M. Luciano nous a dit de vous laisser dormir pour que vous ne souffriez plus du décalage horaire, mais je commençais à craindre que vous ne voyiez rien de cette magnifique journée !

Le gai bavardage de la gouvernante aida Lizzie à se détendre. Quelques minutes plus tard, installée sur la terrasse, à l'ombre de l'auvent, elle sirotait un jus d'orange fraîchement pressé et se régalait d'une salade de fruits exotiques coupés en fines tranches, tandis que Nina s'affairait autour d'elle telle une mère poule, veillant à ce qu'elle ne manque de rien.

— Je vous en prie, appelez-moi Lizzie, lui dit-elle au bout d'un moment.

Elle en avait assez de ce « *signora* » formel. De plus, elle n'avait pas l'impression d'être une « signora », ni même une « madame », même si la bague passée à son annulaire semblait indiquer le contraire.

— M. Luciano est sorti après avoir pris son petit déjeuner pour aller rendre visite aux fermiers de la plantation, comme il le fait chaque fois qu'il séjourne ici, lui expliqua Nina.

— Des fermiers ? Il y a des fermiers ici ? s'étonna Lizzie.

Nina lui servit une tasse de café fumant avant de répondre :

— Oui, M. Luciano ne vous l'a pas dit ? Cette maison ainsi que le domaine agricole appartenaient à sa grand-mère. Vous pourrez voir son portrait dans le grand salon. Je vous le montrerai tout à l'heure, si vous le souhaitez. M. Luciano a passé presque toutes ses vacances scolaires ici. Sa grand-mère était une maîtresse femme, l'une des premières à introduire la notion de travail collectif de la terre sur l'île. Ce fut un succès que M. Luciano a entrepris de prolonger depuis la disparition de son aïeule, l'année dernière.

L'année dernière ? Lizzie ignorait que Luc avait perdu si récemment quelqu'un de sa famille.

Nina ajouta avec un hochement de tête :

— Elle nous manque à tous, mais c'est M. Luciano qui

a le plus souffert de sa mort. Il m'a dit un jour qu'elle l'avait rendu meilleur… C'est l'envers de la médaille, quand on naît avec de lourdes responsabilités et une fortune à gérer. Il faut étouffer ses instincts les plus humains pour s'endurcir.

Nina perdit sa mine songeuse pour adresser à Lizzie son sourire communicatif.

— Mais à présent, vous êtes là pour prendre le relais, n'est-ce pas ? Sa grand-mère vous aurait beaucoup aimée, je le sais. D'ailleurs, vous lui ressemblez. Vous semblez avoir du caractère, et comme elle, vous êtes…

— Anglaise, acheva une voix masculine.

Lizzie tourna la tête. Luc se tenait sur le seuil de la salle à manger, dans une tenue décontractée constituée d'un pantalon de lin clair et d'un T-shirt bleu. La brise lui ébouriffait les cheveux. Il avait croisé les avant-bras et l'on voyait une veine de son cou battre sous la peau bronzée. Lizzie eut le souffle coupé comme une gamine devant sa star préférée.

Nina s'était tournée vers lui avec un sourire empreint de nostalgie.

— Vous la surnommiez « la furie », mais c'était en hommage à son tempérament, lui rappela-t-elle.

La furie… C'est ainsi que Luc avait appelé Lizzie la veille, quand, emportée par la passion, elle lui avait griffé l'épaule… Et aussi dans l'avion.

Troublée, elle avala le dernier morceau d'ananas qui se trouvait dans son assiette, puis se leva.

— *Buon giorno*, murmura alors Luciano, une petite flamme dans ses yeux sombres.

Au sortir de la douche, Lizzie avait enfilé une jupe bleu pâle qui lui arrivait à mi-cuisses, ainsi qu'un petit haut léger qui — elle en avait douloureusement conscience en cet instant — révélait plus qu'il ne cachait la pointe de ses seins. Ses cheveux étaient noués en queue-de-cheval, et elle ne pouvait même pas dissimuler derrière sa chevelure ses joues enflammées. En dépit de la chaleur ambiante, elle aurait voulu pouvoir se dérober au regard de Luciano en s'emmitouflant dans un long manteau de laine, un bonnet et une écharpe !

Incapable de trouver ses mots, elle ne répondit pas à son salut et se mordit la lèvre pour l'empêcher de trembler. Les yeux de Luc se rivèrent aussitôt à sa bouche, mais il demeura impassible, comme à l'ordinaire.

— Eh bien ? s'étonna-t-il au bout d'un moment. Mon innocente petite épouse a perdu l'usage de la parole ?

— Luciano, je vous en prie ! bredouilla-t-elle, mortifiée qu'il la traite de manière aussi désinvolte.

— Du calme, nous sommes seuls.

Lizzie tourna la tête. En effet, Nina s'était discrètement éclipsée.

— Nina ne voudrait surtout pas vous gêner, *amore*. Quant à votre innocence… il est trop tard pour y penser.

Le rire cruel de Luciano résonna dans les oreilles de Lizzie. Avec un cri étouffé, celle-ci courut vers l'intérieur de la maison. Elle se sentait assaillie par une brusque nausée. Parvenue dans le hall, elle ne ralentit pas l'allure, de peur d'être malade ici, dans l'instant. Au loin, elle entendit un grand bruit, qui semblait provenir du dehors. Un instant, elle se demanda s'il était l'expression de la colère de Luciano.

Elle courut droit devant elle et se retrouva face à la porte d'entrée. Une fois à l'extérieur, la chaleur étouffante lui fit presque regretter de ne pas s'être réfugiée dans sa chambre climatisée. Mais non, elle ne voulait pas risquer de se retrouver nez à nez avec Luc. Elle continua donc d'avancer, traversa le jardin et laissa ses pas la guider au hasard, sans même s'inquiéter de se perdre dans cet environnement qui lui était étranger.

Pourquoi Luciano se montrait-il aussi sardonique ? Pourquoi cherchait-il sans cesse à la blesser ? Il l'avait *achetée*, sans guère lui laisser de choix… Elle n'était sa femme que depuis vingt-quatre heures et se demandait déjà comment elle allait supporter un jour de plus ce traitement odieux qu'il lui infligeait.

Sans savoir comment, elle se retrouva près du petit kiosque blanc. Quelques marches en pierre donnaient accès à l'estrade en bois. Lizzie s'y assit et, les bras passés autour de ses jambes repliées, le menton calé sur les genoux, elle ferma les yeux.

Un bruit de pas qui se rapprochaient l'arracha à ses sombres réflexions.

8.

— Je suis désolé, murmura Luc, le visage tendu. Je me suis montré brutal. C'était impardonnable de ma part.

Il en avait donc conscience. Bon, c'était déjà ça, admit Lizzie. Même si cela ne la soulageait pas vraiment.

— Quand vous aurez fini de me punir pour n'être pas celle que vous vouliez épouser, faites-moi plaisir, Luciano : réservez-moi une place dans le premier vol pour l'Angleterre. Je veux rentrer chez moi.

Le soupir qu'il poussa fut emporté par la brise dansante qui arrivait de l'océan. Lentement, il s'agenouilla devant elle et lui effleura la joue. Elle devait être pâle comme la mort, et elle refusa de relever la tête pour croiser son regard. Elle avait trop peur de s'effondrer et de se mettre à sangloter, là, devant lui, sans plus pouvoir s'arrêter.

— Bien sûr, commença-t-il, je vous ai crue quand vous m'avez dit que vous étiez vierge, mais… ce matin, j'ai eu le sentiment de vous avoir volé quelque chose de précieux auquel je n'avais absolument pas droit.

— C'est votre seule excuse ? demanda-t-elle, les yeux obstinément rivés au sol.

— Non. J'en ai d'autres, toutefois je ne pense pas que vous soyez disposée à les entendre. Pas pour le moment, en tout cas.

Il avait probablement raison. Elle en avait plus qu'assez

de ses vues cyniques sur le monde et les femmes. Son cœur était en train de se briser, elle le sentait se fissurer dans sa poitrine. Quand il éclaterait en mille morceaux…

— C'est envers Bianca que vous êtes en colère, mais vous vous vengez sur moi, reprit-elle d'une voix lasse. Il n'est pas question que je me laisse maltraiter de la sorte, Luc. Vous avez gâché notre nuit de noces. Et je pense que vous l'avez fait de manière tout à fait délibérée.

— J'attaque quand je suis sur la défensive…

« Oui, comme tout le monde », songea-t-elle, alors qu'il enchaînait :

— Je m'attendais à ce que vous m'accabliez de reproches mérités, aussi j'ai dégainé le premier… par réflexe. Je le regrette profondément. C'était stupide… grossier… et méchant.

Enfin, Lizzie accepta de croiser son regard. Pour la première fois, elle lut une expression contrite sur ses traits. Ainsi, il éprouvait réellement des remords. Mais cela ne l'amadoua en rien. Cette fois, il avait été trop loin.

— Vous êtes si froid, si indifférent aux autres que vous ne percevez plus leurs sentiments. Vous croyez pouvoir me traiter avec mépris parce que, depuis le début, il saute aux yeux que je suis séduite par vous…

— Moi, vous mépriser ? Non, jamais ! objecta-t-il avec un étrange sourire.

— Ce matin, vous avez disparu sans un mot d'explication. Je me suis réveillée seule… Et pouvez-vous m'expliquer pourquoi mon inexpérience vous paraît si insupportable ? Pourquoi me tourner ainsi en ridicule ?

— Je ne recommencerai pas.

Peut-être. Mais c'était trop tard.

— Hier, j'étais en colère… pour de multiples raisons, admit-il. Je n'aurais pas dû laisser mes problèmes guider ma conduite, et je n'aurais pas dû les laisser reprendre le dessus tout à l'heure, sur la terrasse. Je vous prie d'accepter mes excuses. Je vous promets que cela ne se reproduira plus.

C'était un discours pour le moins surprenant chez un homme aussi cynique, songea Lizzie, déstabilisée. La chaleur dans sa voix était, elle aussi, nouvelle et surprenante. Elle demeurait pourtant indécise et méfiante. S'agissait-il encore d'une de ces stratégies perfides qui lui servaient à écraser tout sur son passage, y compris les gens ?

— Faites-moi honte une fois encore, déclara-t-elle d'une voix posée, et je m'en irai pour demander le divorce dans la foulée, quelle que soit la menace que vous brandirez alors pour me retenir.

A sa grande surprise, il hocha la tête avec gravité, sans riposter d'une remarque caustique. Pour la première fois, il avait laissé tomber son masque de froideur, constata-t-elle, étonnée. Et elle n'avait plus devant elle qu'un homme séduisant, sincère, et trop beau pour son propre équilibre émotionnel…

Se redressant de toute sa hauteur, il lui tendit la main pour l'aider à se lever. L'espace d'une seconde, Lizzie fixa cette main, hésitant à la prendre. Mais sa main à elle, comme mue par une volonté propre, s'animait déjà et se glissait dans la sienne. Sa poigne énergique lui communiqua des vibrations qu'elle choisit de croire positives. Elle voulut ensuite libérer ses doigts, mais il les garda entrecroisés aux siens et il l'attira vers lui.

Le cœur de Lizzie se mit à battre à toute allure. Luciano allait l'embrasser, et elle ne savait pas encore si elle allait le lui permettre ou non… Le dos raide, elle prit garde à ne pas se laisser aller contre lui et, réfléchissant à la hâte, elle chercha un moyen de dévier son attention.

— Il faudrait que je fasse quelques courses. Vos domestiques ont oublié de mettre certaines choses indispensables dans ma valise…

— Par exemple ?

— Il y a des questions qu'un gentleman s'abstient de poser.

— Je croyais que nous étions tombés d'accord pour convenir que je n'étais pas un gentleman.

— Très bien, soupira-t-elle. J'ai besoin d'un chapeau genre capeline contre le soleil, et d'un tube d'écran total, indice 1000.

Elle s'efforçait de parler avec une légèreté qu'elle était à cent lieues d'éprouver, mais sans doute n'était-il pas dupe. Sa nervosité devait être palpable. A dire vrai, elle commençait à s'accoutumer à cet état de trouble permanent qui s'emparait d'elle chaque fois qu'elle était à proximité de lui.

Il inclina la tête. Mais son baiser fut si rapide qu'elle eut à peine le temps de réaliser ce qui se passait.

— Très bien, allons faire des courses, dit-il simplement.

Lizzie se rendit compte qu'ils venaient de passer un autre marché, même si elle ne savait pas trop au juste où celui-ci les mènerait.

Luc était redevenu cet homme plein d'aplomb qui donnait l'impression de ne jamais se laisser surprendre par rien et de contrôler absolument tout, y compris sa jeune épouse rétive.

Au volant de sa petite voiture de sport décapotable, il les conduisit dans la ville voisine. Une fois sur place, ils déambulèrent parmi les échoppes peintes dans des couleurs pastel qui contenaient chacune un bric-à-brac fascinant de vêtements, souvenirs et babioles en tous genres. Ce fut Luc qui choisit le chapeau de Lizzie alors qu'elle s'intéressait à tout autre chose. Il revint avec une large capeline en paille rose vif qu'il posa sur sa tête avant de l'entraîner hors de la boutique, sans lui laisser le temps de protester que la couleur jurait horriblement avec la teinte de ses cheveux.

— Vous êtes si arrogant ! s'exclama-t-elle, mi-excédée mi-amusée.

— Je ne vais pas changer du jour au lendemain, rétorqua-t-il tout en se dirigeant vers la pharmacie.

Là, il fit l'acquisition de trois tubes d'écran total. Lizzie avait renoncé à s'opposer à lui. Il paraissait déterminé à prendre toutes les décisions qui s'imposeraient dans sa vie, concernant ses vêtements, son mariage, sa nuit de noces… Au lieu de le contrarier, elle s'en alla de son côté acheter les divers produits dont elle avait besoin et dont elle avait dressé la liste alors qu'ils étaient encore devant le petit kiosque.

Luciano paya pour le tout.

Et Lizzie commença à se sentir dans la peau d'une épouse dorlotée, dont le moindre caprice était devancé et satisfait. Elle en conçut juste ce qu'il fallait de rancune pour ne pas trouver la chose plaisante… Luc ne la lâchait pas d'une semelle. Il marchait à ses côtés, la main dans la sienne, ou alors lui frôlait le bras, le dos, la taille. Et lorsqu'ils croisaient quelqu'un de sa connaissance, il resserrait son étreinte, dans un geste possessif qui l'agaçait au plus haut point. S'agissait-il d'un message qu'il lançait à la face du monde ? Ou bien était-il simplement d'un naturel protecteur ? Lizzie n'en savait rien, mais elle finit par accepter ce comportement paternaliste. Et elle se blottit contre lui chaque fois qu'il la présentait fièrement en ces termes : « Elizabeth, ma femme ».

A la réaction des gens, on voyait bien que les circonstances de leur mariage n'étaient inconnues de personne. Les nouvelles allaient vite et les potins se propageaient partout, même dans les îles les plus reculées de la mer des Caraïbes…

— *Cara*, je te présente Elena et Fabio Romano, des amis.

Elena Romano était jeune, mince et superbe. Néanmoins,

elle avait au fond des yeux un éclat dur qui laissait à penser que la générosité et la gentillesse n'étaient pas ses qualités premières. Fabio, lui, était grand et bronzé. Agé d'une bonne quarantaine d'années, il promenait un air d'ennui désinvolte et Lizzie se demanda si Luc aurait la même attitude blasée d'ici une dizaine d'années.

En croisière sur leur yacht, les Romano les invitèrent à se joindre à eux pour l'après-midi, mais Luc déclina leur proposition avec ce qu'il fallait de courtoisie. Si Fabio n'en fut manifestement pas contrarié, ce ne fut pas le cas de sa chère épouse dont les yeux noirs se mirent à briller de colère.

Colère qu'elle retourna aussitôt contre Lizzie.

— Quelle magnifique capeline, *cara* ! Vraiment. Elle est très mignonne et… si rose. Il faut vraiment beaucoup d'audace pour porter cette teinte avec des cheveux roux.

— C'est Luc qui l'a choisie, rétorqua Lizzie avec une suavité excessive.

Le rire cristallin d'Elena retentit, et Lizzie sentit les doigts de Luc s'imprimer plus profondément au creux de sa taille.

— Ah, il aime ce genre de choses ? Alors je comprends mieux la photo de votre mariage qui est parue dans le journal de ce matin, continua Elena. La jeune épouse dans sa robe virginale, et le don Juan assagi… C'est très romantique, comme image !

« La garce ! » songea Lizzie.

— Mon styliste personnel a réussi à produire cette merveille de robe juste à temps. Un prodige ! Je me sens vraiment privilégiée, déclara-t-elle en souriant.

— Un prodige, en effet. Quand on pense au peu de temps qu'il a eu pour se retourner, renchérit Elena d'un ton doucereux. Enfin, parfois, il y a urgence…

Elle ponctua cette dernière remarque d'un regard appuyé

en direction du ventre de Lizzie qui tressaillit en comprenant le sous-entendu.

— Il ne m'est jamais venu à l'esprit que les gens pourraient croire que Luc était *obligé* de se marier ! se récria-t-elle malgré elle.

— Oh, les gens ne pensent rien de tel, intervint Fabio en s'arrachant tout à coup à son aimable torpeur. Elena va juste à la pêche aux renseignements. Elle veut des détails, c'est ce dont se nourrissent les commères professionnelles comme elle.

« Là, ce n'est pas moi qui l'ai dit ! » jubila Lizzie intérieurement. Les Romano ne tardèrent pas à prendre congé et, une minute plus tard, Luc et Lizzie prirent la direction du parking où ils avaient garé leur voiture.

Lizzie avait du mal à se remettre de cette rencontre. Elle se sentait profondément atteinte dans sa fierté.

— Merci de votre aide ! s'exclama-t-elle à l'intention de Luc qui n'avait pas dit un mot durant l'échange entre les deux femmes.

Il haussa les épaules avec une parfaite indifférence.

— Vous saurez bientôt qu'avec les gens de cet acabit, le mieux est encore de se taire.

Mais Lizzie ne voulait pas apprendre à se taire. Si cet incident reflétait un tant soit peu le quotidien qui l'attendait en Italie, il était grand temps qu'elle en prenne conscience. Car elle ne voulait pas vivre comme ça.

— Vous lui plaisez, voilà pourquoi elle a fait ses griffes sur moi, répliqua-t-elle.

— Vous avez beaucoup trop d'imagination.

— Alors c'est peut-être une ancienne maîtresse qui vous en veut encore parce que ce n'est pas elle qui a fini dans le rôle de la virginale épouse à vos côtés ?

— Mon Dieu, il faudrait remonter bien loin dans la vie d'Elena pour trouver quoi que ce soit de virginal chez elle !

Et pourquoi êtes-vous fâchée contre moi alors que vous avez su gérer la situation de main de maître ?

— Je n'aime pas votre mode de vie, murmura-t-elle, les yeux dans le vide.

Cette fois, il ne répondit pas, se contenta de lui ouvrir la portière du véhicule et d'attendre qu'elle s'installe à l'avant. Lizzie ôta sa capeline et la posa sur ses genoux. Après avoir mis leurs achats sur la banquette arrière, Luc s'installa au volant.

— Je voudrais voir cette photo dont elle a parlé, lui dit alors Lizzie.

— Non.

Il démarra et fit vrombir le moteur. Mais Lizzie n'entendait pas renoncer si vite.

— Pourquoi ? L'avez-vous vue, vous ?

Il surveillait la route et elle ne voyait que son profil patricien. Puis, alors que la voiture roulait à vive allure sur la route de la montagne, Lizzie crut voir les pièces du puzzle s'assembler. Elle fit enfin le lien entre la scène pénible qui avait eu lieu le matin même entre eux, et les paroles d'Elena Romano.

— Vous l'avez vue, répéta-t-elle, et cette fois il ne s'agissait plus d'une question. Voilà pourquoi vous vous êtes conduit de manière si odieuse ce matin. Vous avez vu cette photo et elle vous a déplu, parce qu'elle me fait passer pour une arriviste, et vous pour un milliardaire qui s'est fait avoir.

— Vous avez vraiment une imagination délirante.

— Je veux voir cette photo !

Il ne répondit pas. Quelques minutes plus tard, ils atteignirent la plantation de cannes à sucre et Luc gara la voiture devant la façade de la maison. Il descendit du véhicule et Lizzie fit de même, en le fusillant du regard. Mais il l'ignora.

« Aucune importance », se dit Lizzie qui pénétra dans la demeure d'un air décidé. Elle n'était pas idiote. Un homme d'affaires tel que Luc avait certainement fait installer chez lui une connexion internet fiable. Il ne lui restait plus qu'à trouver l'ordinateur.

Elle enfila le couloir et, ouvrant les portes les unes après les autres, inspecta plusieurs pièces du rez-de-chaussée. Elle en était à la troisième quand la voix de Luc retentit dans son dos :

— Si vous voulez visiter la maison, je me ferai un plaisir de vous faire le tour du propriétaire.

Campé au bout du couloir, il avait l'air prodigieusement agacé. Mais Lizzie était tellement en colère qu'elle ne tint pas compte de cet avertissement.

— Si vous et le reste du monde avez vu dans le journal la photo de mon propre mariage, personne ne m'empêchera de la voir à mon tour ! lança-t-elle, farouche.

— Non, croyez-moi, il ne vaut mieux pas.

En guise de réponse, Lizzie lui tourna le dos et alla ouvrir la porte suivante. Luc laissa échapper un soupir excédé.

— Comment se fait-il que vous soyez prétendument si douce et si calme, et qu'avec moi vous deveniez butée et caractérielle ?

Sans l'écouter, Lizzie était entrée dans un salon où régnait une douce lumière. Tout de suite, son regard fut attiré par un portrait accroché au mur d'en face. Elle en oublia sur-le-champ qu'elle était à la recherche d'un bureau, ou du moins d'un matériel de communication moderne.

— La furie, murmura-t-elle, stupéfaite.

— La *contessa* Alexandra De Santis, corrigea la voix de Luc derrière elle. Une grande dame, une matriarche, une très mauvaise mère et une merveilleuse grand-mère.

— Elle me ressemble !

— Oui, Nina vous l'avait dit, je crois.

— Mais pas vous !

Incrédule, Lizzie fixait le visage d'une beauté époustouflante, qui semblait tout droit sorti de l'atelier du Titien.

— Vos cheveux sont plus foncés. Et vos yeux sont gris, pas bleus, objecta-t-il.

Sans doute. Mais la forme de la bouche, le menton pointu, qu'en faisait-il ? Si Lizzie s'était glissée dans une robe bleu gentiane et si elle avait relevé ses cheveux comme le modèle du portrait, on aurait pu les prendre pour des sœurs !

— Quel âge avait-elle lorsqu'elle a posé pour le peintre ? voulut-elle savoir.

— Quarante-neuf ans.

Lizzie fronça les sourcils. La femme du portrait semblait âgée d'une vingtaine d'années tout au plus. Devant son étonnement, Luc expliqua :

— Mon grand-père a commandé ce tableau pour le cinquantième anniversaire de sa femme. Il disait que sa beauté était le seul ciment de leur couple. De son côté, elle affirmait que s'ils étaient encore ensemble, c'était uniquement parce qu'elle le tolérait en dépit de ses multiples liaisons extraconjugales.

— Vous voulez dire qu'elle l'aimait ?

— Je le pense, même s'il ne méritait pas une telle loyauté. Mais à cette époque, on ne divorçait pas si aisément dans la société italienne.

— Votre grand-mère s'est vengée autrement.

D'abord déconcerté par sa remarque, il finit par murmurer :

— Ça, c'est assez perspicace.

Lizzie se sentait tout à coup très proche de la « furie ». Elle-même était mariée à un homme en qui elle n'avait aucune confiance.

— Et vous pensez que je suis comme mon grand-père, n'est-ce pas ? ajouta-t-il alors.

C'est lui qui faisait preuve de perspicacité, maintenant…

— Vous prenez ce qui vous fait envie, parce que vous estimez en avoir le droit, tout simplement, et vous jouez toujours selon vos propres règles. Je veux voir cette photo.

Le regard de Luciano passa du portrait fixé au mur au visage déterminé de Lizzie. Il était toujours impossible de déchiffrer ses sentiments. Etait-il en train de la comparer à sa grand-mère ? Probable. Avait-il décidé de l'épouser parce qu'elle lui rappelait son aïeule, la seule personne qu'il eût vraiment aimée ? Possible.

En tout état de cause, cet homme demeurait un mystère. Froid, insensible, arrogant… De nouveau, la liste des qualificatifs qui définissaient le mieux sa personnalité défila dans sa tête, tandis qu'elle attendait toujours une réaction de sa part. Le silence se prolongeait, mais Lizzie était décidée à ne pas faire marche arrière. Elle avait planté son regard dans celui de son mari et ne baissait pas les yeux.

— Vous me tenez tête sans cesse, dit-il finalement. Ne pouvez-vous accepter mes arguments sans chercher à me défier à la moindre occasion et…

— Ecoutez, je sais me servir d'un ordinateur. Si vous voulez bien m'indiquer où je puis en trouver un… c'est tout ce que je vous demande !

Cette fois, une flamme de colère flamba dans les prunelles d'obsidienne. Pareillement furieuse, Lizzie haletait. Elle prit soudain conscience que le regard de Luc était tombé sur sa poitrine qui se soulevait au rythme saccadé de sa respiration et tendait le tissu de son T-shirt sous lequel ses tétons bourgeonnaient.

Ce fut elle qui se détourna. La retraite était décidément l'option la plus raisonnable.

— Je crois qu'il vaudrait mieux…

— Froussarde ! l'interrompit-il avec un rire étouffé.

Elle n'eut pas le temps de se mettre hors d'atteinte. En trois enjambées, il l'avait rejointe et enlacée. Sa bouche avide se posa sur la sienne. Il l'embrassa longuement, son corps plaqué contre le sien dans une étreinte intime qui ne laissait rien ignorer du désir qu'il avait d'elle.

Enfin elle parvint à le repousser :

— Je voudrais que vous arrêtiez de me sauter dessus à tout bout de champ ! protesta-t-elle.

— Vous l'avez dit vous-même, je joue selon mes propres règles.

De nouveau, ses lèvres prirent les siennes. Cette fois, son baiser se fit impérieux, fougueux. Lorsqu'il consentit à la relâcher, elle tremblait de tout son être et se rendit compte que sa main s'était égarée sur la nuque de Luc.

— A la hussarde ou à l'italienne ? murmura-t-il tout contre sa bouche.

— Pardon ?

— A la hussarde, je vous arrache vos vêtements et nous faisons ça de la manière la plus simple, par terre ou contre le mur. A l'italienne, les choses seront plus raffinées, je vous laisserai le temps de regagner la chambre. Alors ? Le choix vous appartient.

— Je... je n'en sais rien. Je ne suis pas très bonne à ces petits jeux...

— Oh, croyez-moi, *cara*, vous y excellez !

Sa voix basse, profonde, était follement sexy. Si sexy qu'elle capitula et posa sa bouche sur sa peau mate, à la base de son cou. Ravalant un juron, il l'entraîna alors dans le couloir. Il avait apparemment pris la décision lui-même et dans son sillage, Lizzie fut presque obligée de courir.

Dès qu'ils furent dans la chambre, Luc referma la porte et poussa Lizzie vers le lit où il l'adossa à l'un des piliers du baldaquin.

— Ne bouge pas, murmura-t-il.

Il recula de deux pas. Lizzie aurait aimé avoir le courage de bouger, mais elle en était incapable. Elle demeura donc immobile, à le regarder se dévêtir. Tout d'abord il ôta son T-shirt, et son torse apparut, viril, parcouru d'une toison brune qui se perdait sous sa ceinture. Ensuite il enleva son pantalon et elle ne put s'empêcher d'admirer ses cuisses puissantes. Ses chaussures volèrent dans un coin de la pièce… A présent, il ne portait plus que son boxer noir.

Lizzie retenait sa respiration. La flamme du désir s'était éveillée dans son ventre et grandissait, grandissait… Cela devait se lire sur ses traits car, avec sa morgue coutumière, il lui demanda à mi-voix :

— Je te plais ?

— Oui, avoua-t-elle dans un souffle.

— Tu as envie de m'embrasser encore ?

— Oui… oui !

Il s'approcha, si magnifique dans son orgueilleuse beauté mâle qu'elle sentit la tête lui tourner. Cet homme lui appartenait. C'était… vertigineux !

— Alors… fais-le, murmura-t-il en la rejoignant enfin.

Lizzie n'en pouvait plus. Elle se coula contre lui, l'entoura de ses bras et posa sa bouche avide sur la peau lisse, juste au-dessus du pectoral saillant. Elle n'en revenait pas de l'audace donc elle faisait preuve tout à coup, mais c'était comme si une autre Lizzie avait pris possession d'elle-même. Elle mourait d'envie de faire courir ses mains sur ce corps splendide, de se l'approprier enfin, de le toucher partout, de le goûter, tandis que lui demeurait immobile, agrippé des deux mains au pilier du lit. Toutefois il ne restait pas passif. Il frémissait, frissonnait, ou respirait plus vite à chaque nouvelle caresse.

Lizzie se hissa sur la pointe des pieds pour réclamer sa bouche, et il la lui offrit. Galvanisée, elle osa faire descendre sa main sur son ventre, et plus bas, pour saisir son sexe en érection qui se mit à pulser sous ses doigts.

La respiration de Luc devint chaotique. Les muscles de ses bras se tendaient. Lorsqu'elle lui noua les bras autour du cou, il parut prendre ce geste comme une sorte de reddition, murmura quelque chose en italien, puis reprit le contrôle de la situation. Il déchira sa jupe, car il ne voulut pas se donner le mal d'en ouvrir le zip. Lizzie poussa un petit cri, mais le vêtement atterrissait déjà à ses pieds et Luc s'attaquait maintenant à sa culotte qui échoua bientôt sur le parquet elle aussi. Puis ce fut son T-shirt qu'il fit passer par-dessus sa tête et envoya valser sur le lit. L'attache du soutien-gorge ne résista pas plus de dix secondes. Ses seins jaillirent et il les emprisonna aussitôt dans ses paumes, les malaxa doucement, puis se mit à sucer avec avidité les tétons sensibles.

Si c'était là l'amour « à l'italienne », c'est-à-dire la manière raffinée, comme il l'avait prétendu tout à l'heure, Lizzie se demandait ce qui se passait pendant l'amour « à la hussarde » !

Lizzie avait fermé les yeux car ainsi les sensations lui semblaient décuplées. Enfin ils basculèrent sur le lit. D'elle-même, elle écarta les jambes et lui tendit les bras pour réclamer sa venue. Elle éprouva un bonheur fou à sentir son poids sur elle. Un instant, elle crut qu'il allait la posséder là, tout de suite, et fut choquée par la violence de son propre désir. Mais il avait décidé de prendre son temps, finalement, et elle dut subir d'autres caresses, plus langoureuses les unes que les autres, qui faillirent la rendre folle, jusqu'au moment où il décida enfin qu'il était temps d'unir leurs corps.

Il s'enfonça d'un profond coup de reins et elle l'accueillit avec un gémissement extatique. Ils firent l'amour avec volupté, dans une sorte de ballet frénétique. Car oui, ils faisaient l'amour. Ce n'était pas seulement du sexe, réalisa Lizzie dans un moment de lucidité. Il y avait autre chose dans cet acte physique que la recherche d'un plaisir égoïste. Il y avait une communion sensuelle qui les portait tous deux vers les mêmes cimes lointaines qu'ils atteindraient ensemble.

Ensemble.

L'explosion finale fut éblouissante.

Alors qu'ils gisaient sur le lit, épuisés et en nage, Lizzie renversa la tête en arrière et, les paupières toujours closes, songea : « Je ne pourrais jamais laisser un autre homme me faire cela… »

Elle ignorait que, encore grisée par les sensations qu'elle venait de vivre, elle avait parlé tout haut.

Elle se rendit seulement compte que Luciano réagissait en la reprenant contre lui et qu'il repartait, une fois encore, pour un long voyage sensuel aux confins de la volupté.

Ils firent l'amour tout l'après-midi, sans s'habiller, sans jamais quitter la chambre. Plus tard, ils prirent une douche ensemble et s'aimèrent encore sous le jet d'eau qui ruisselait sur leurs corps. Enfin, ils s'écroulèrent dans le lit et s'endormirent enlacés, étroitement serrés l'un contre l'autre.

9.

Lizzie regardait Luc qui, en plein soleil, discutait avec un planteur alors qu'elle-même, installée à l'ombre du parasol, sur la terrasse de la petite maison de bois peinte en bleu vif, sirotait une boisson fraîche au goût surprenant mais très agréable que la femme du fermier lui avait apportée afin d'étancher sa soif.

Son mari était décidément un homme étrange, réfléchissait-elle. Depuis deux semaines qu'ils résidaient sur l'île, elle avait distingué trois facettes de sa personnalité. Tout d'abord, il y avait le Luciano mondain et désinvolte, qu'elle avait découvert à plusieurs occasions, quand ils avaient reçu quelques-uns de ses amis. Puis, il y avait le Luciano sérieux et concentré, par exemple quand il écoutait un de ses planteurs lui parler du domaine agricole, comme en ce moment même. Et enfin il y avait l'amant, si passionné qu'elle se demandait parfois si son corps allait survivre à la tempête sensuelle qui se déchaînait chaque fois qu'ils faisaient l'amour. Surtout quand il se réveillait au cœur de la nuit et la tirait du sommeil parce qu'il avait besoin d'elle, là, tout de suite, et qu'il n'était pas question qu'elle se dérobe à son exigeant désir.

De toute façon, Lizzie n'aurait pas eu l'idée de se refuser. Elle avait toujours autant envie de lui, plus encore peut-être. Elle était droguée à Luciano De Santis. Oui, droguée ! admit-elle, alors que son regard glissait sur les larges épaules de son mari.

Ce matin-là, il avait enfilé un bermuda de toile kaki et un T-shirt noir. Son regard glissa sur les mollets bronzés… Comme ses yeux remontaient le long de la silhouette virile, elle remarqua la façon dont Luciano remuait les épaules et comprit qu'il avait « senti » son regard sur lui. Cela arrivait souvent désormais. Une sorte de lien impalpable les unissait. Ils semblaient échanger des vibrations magnétiques qu'eux seuls percevaient. Oui, une complicité étonnante était née entre eux. Persisterait-elle quand ils seraient de retour en Italie ? Car d'ici deux jours, la réalité reprendrait ses droits. Ils retourneraient non pas dans la délicieuse villa près du lac de Côme, mais à Milan, dans le monde, le vrai, celui où Luciano était un homme d'affaires à l'emploi du temps surchargé.

Pour le moment, ils vivaient encore dans leur bulle protégée, sur cette île paradisiaque. Et Lizzie ne savait pas, ne voulait pas savoir ce que l'avenir leur réservait. D'ailleurs, sans doute Luc l'ignorait-il lui aussi.

Bianca et Matthew avaient-ils fait leur réapparition ? Depuis leur départ, Lizzie n'avait pas reparlé à son père. Elle n'avait pas eu envie de décrocher le téléphone, et Luc ne l'y avait pas encouragée non plus. Après leur altercation déclenchée par cette maudite photo de mariage, elle n'avait pas osé aborder de nouveau le sujet. C'était peut-être un manque de courage de sa part, mais elle n'avait pas voulu mettre en péril l'équilibre tout neuf qu'ils venaient de trouver.

Luc se tourna à demi pour la regarder, baissa les yeux sur le verre à demi plein qu'elle tenait à la main, puis la dévisagea de nouveau. Il était si beau qu'elle sentit son cœur se gonfler dans sa poitrine.

« Je t'aime », pensait-elle, tout en priant de toutes ses

forces pour qu'il ne puisse lire sur ses traits l'intensité de ses sentiments.

Le téléphone mobile du planteur sonna et interrompit la discussion entre les deux hommes. A pas lents, Luc revint vers Lizzie.

— Puis-je boire ce qui reste dans ton verre ?

Sans attendre la réponse, il prit celui-ci et le vida d'un trait avant que Lizzie ait eu le temps de lui dire que la femme du planteur avait apporté un autre verre de jus de fruits qui lui était destiné.

Avec un sourire, elle s'avoua qu'elle ne se lasserait jamais de le contempler, dans toutes les situations du quotidien.

Depuis quinze jours, il l'avait emmenée partout avec lui. Elle avait fait la connaissance de ses riches amis et des planteurs qui travaillaient pour lui. Tous avaient accueillis Lizzie avec une gentillesse et une chaleur qui traduisaient l'estime et l'amitié qu'ils portaient à Luc, et qu'ils avaient également portées à sa grand-mère.

De fait, on ne perdait jamais une occasion de rappeler à Lizzie qu'elle était le portrait craché de la *contessa* De Santis.

L'épouse du planteur sortit de la maisonnette et se mit à bavarder avec Luc en cajun, un dialecte dont Lizzie ne comprenait pas un traître mot. Elle écouta cependant leur conversation, heureuse d'entendre la voix profonde de Luc qui lui donnait presque la chair de poule.

— Combien de langues parles-tu ? lui demanda-t-elle un peu plus tard, alors qu'ils s'éloignaient à bord de la petite voiture de sport décapotée.

— Combien ? répéta-t-il, l'air perplexe. Je ne sais pas au juste. J'ai toujours eu beaucoup de facilité pour apprendre les langues étrangères.

Lizzie gardait la main plaquée sur sa capeline rose pour éviter que le vent ne l'emporte. Elle vit Luc hausser les épaules avec détachement et ne put retenir un sourire. Les jambes repliées sur son siège, elle cala plus confortablement sa tête pour contempler à son aise son profil.

— Quoi ? Qu'y a-t-il ? Pourquoi souris-tu ? demanda-t-il au bout d'un moment.

— Tu es une montagne d'arrogance.

— Tu ne vas pas me répéter cela dix fois par jour !

— Bon, alors disons que tu es vraiment imbu de toi-même si tu penses pouvoir me faire croire que parler un million de langues étrangères n'est qu'un détail sans la moindre importance.

Il sourit à son tour :

— N'exagérons rien. Tu as une drôle de façon de tourner les compliments, *cara*. Et toi aussi, tu es bourrée de talents divers.

Elle pouffa.

— Ah oui ? Comme porter du rose sur mes cheveux auburn, par exemple ?

— Par exemple. Et quand nous sommes avec d'autres gens, tu restes en retrait, à observer, ce qui ajoute à ton aura de mystère.

— Moi, mystérieuse ? Je suis surtout réservée, pour ne pas dire timide. Tu le sais très bien.

— Mais pas avec moi. Je suis le seul à connaître une autre de tes inestimables qualités : ta fougue, ton incroyable audace quand nous sommes au lit et que tu me provoques comme une véritable furie…

— Moi ? Jamais !

— En cet instant précis, par exemple, tu me regardes avec tes grands yeux gris et ton ravissant visage innocent, mais tu laisses le vent retrousser ta jupe sur tes jambes. Ce n'est pas de la provocation, peut-être ?

Riant, Lizzie rabattit l'ourlet sur ses cuisses.

— Tu es obsédé ! protesta-t-elle.

— Oui, par toi. Et tu possèdes un autre don naturel qui m'impressionne beaucoup. Je ne connais aucune autre femme qui soit capable de boire un demi-verre du punch de Martha et continuer à marcher droit, sans parler d'avoir une conversation rationnelle.

Les yeux de Lizzie s'écarquillèrent de surprise :

— Du rhum ? Il y avait du rhum dans le jus de fruits ?

— Et pas n'importe lequel. Du fait maison, distillé par Martha elle-même. Voilà pourquoi je conduis à tombeau ouvert, pour nous ramener à la maison et m'enfermer avec toi dans la chambre avant que les effets de ce divin nectar ne s'estompent !

— Du rhum…, répéta Lizzie, déconcertée.

C'était donc cela, cette sensation délicieuse qui lui donnait l'impression que son sang circulait plus vite dans ses veines ?

— Il n'est pas question que nous nous enfermions dans la chambre, déclara-t-elle.

— Tu ne peux pas refuser, *cara*. Nous allons passer un moment formidable. Songe que d'ici à quelques minutes, tu vas perdre toutes tes inhibitions. Ce serait dommage de ne pas en profiter. En tout cas, moi je m'y refuse.

— J'ai déjà bu du rhum. Cela n'avait pas du tout la même saveur.

— Il y a une différence considérable entre un rhum fabriqué selon les méthodes traditionnelles et entreposé des dizaines d'années avant d'être mis en bouteilles, et le breuvage que produit Martha. La qualité du premier s'approche de celle d'un excellent cognac français, le second ressemble plus à une potion de magicienne. Ses effets sont à retardement… mais mortels !

— Tu as bu la moitié de mon verre ! lui rappela-t-elle.

— Mmm, fut la seule réponse qu'elle obtint.

Mais elle savait très bien quelles conclusions elle devait en tirer…

De fait, lorsque Luc eut garé la voiture devant la maison, Lizzie découvrit qu'elle était incapable de tenir sur ses jambes flageolantes. Tout en riant, Luc fit le tour du véhicule pour l'aider à s'extirper de l'habitacle et l'emporter dans ses bras.

Alanguie, elle noua les bras autour de son cou et posa sa bouche contre son cou pour le goûter, encore et encore…

— Ce goût, je l'appelle « le goût De Santis », murmura-t-elle, rêveuse.

— Je vais prendre cela comme un autre compliment.

— Mmm, se borna-t-elle à répondre.

Il ouvrit la porte de la chambre d'un coup d'épaule, alla la jeter sur le lit et dut se libérer de ses bras pour aller refermer le battant. Lorsqu'il revint près d'elle, elle était déjà à moitié dévêtue, assise au milieu du lit telle une sirène flottant sur une mer de draps blancs.

— Tu as trop de vêtements, se plaignit-elle.

— J'en suis bien conscient.

Il se débarrassa de son T-shirt et de son bermuda tandis que, de son côté, elle ôtait son haut et libérait ses seins de son soutien-gorge. Puis elle s'étira avec volupté, telle une chatte.

Ils roulèrent sur le lit et Luc s'immobilisa sur le dos, Lizzie à califourchon sur ses cuisses musclées. Il la saisit par la taille, alors qu'elle se penchait pour chercher sa bouche. Lizzie se mit à onduler des hanches jusqu'à sentir la dureté de son érection. Alors, d'un coup de reins, il l'empala et elle frissonna de plaisir. Puis il cueillit ses seins au creux de ses paumes pour lui permettre de garder son équilibre, tandis qu'elle entamait un lent et sensuel mouvement au-dessus de lui.

Ce fut merveilleux. Le plus longtemps possible, ils retinrent le déferlement du plaisir, pour mieux prolonger l'instant, jusqu'à ce que la tension accumulée devienne insupportable et se libère dans une explosion d'une intensité inégalée.

Un moment plus tard, alors que Lizzie reposait sur son torse, Luc se mit à jouer avec une de ses boucles :

— Si jamais un jour tu bois du rhum avec d'autres hommes, je te tue ! chuchota-t-il.

En guise de réponse, elle chuchota :

— J'ai encore envie de toi !

La passion faisait partie intégrante du paradis, songea-t-elle bien plus tard, avec l'impression que chaque cellule de son corps avait été régénérée et gonflée d'une énergie nouvelle.

Les cheveux encore humides après la douche, Luc sortit bientôt de la salle de bains. Il s'étendit près d'elle et fit remonter le bout de ses doigts le long de sa colonne vertébrale. Elle frissonna en souriant.

— Je pense que tu es sublime, très sexy et que tu es le meilleur des amants, murmura-t-elle sans se retourner.

— Et moi, je pense que tu es encore soûle. Tout à l'heure, quand tu te souviendras de tout ce que tu m'as dit, tu seras mortifiée et tu me détesteras !

— Et cela sera très douloureux pour ton cher ego, n'est-ce pas ? Oh oui… comme ça, c'est bon. Recommence ! supplia-t-elle en se tortillant pour sentir de nouveau sa main entre ses omoplates.

Mais il retomba sur le dos et se mit à fixer le plafond. Son humeur, d'un coup, semblait assombrie.

— Elizabeth, murmura-t-il au bout d'une minute, il faut que je me concentre un peu, parce qu'il y a quelque chose que je dois te dire.

Comme elle ne répondait pas, Luciano finit par tourner la tête et grimaça en découvrant que Lizzie s'était purement et simplement endormie, sans doute sous l'effet conjugué de l'épuisement physique et de l'alcool.

Avec un soupir, il reporta son attention sur le plafond. Il lui faudrait donc attendre encore avant de lui faire part de la nouvelle qu'il avait lue sur internet ce matin et que jusqu'à présent il n'avait pu se résoudre à partager avec elle.

Il ne savait pas encore qu'il allait être rattrapé par les événements.

Lizzie se réveilla finalement seule au lit, deux bonnes heures plus tard. Sa tête pulsait douloureusement et, tout en étirant ses muscles engourdis, elle se promit d'être plus prudente la prochaine fois qu'on lui proposerait un verre de « jus de fruits ».

Elle prit sa douche, puis, enveloppée d'un peignoir, alla se poster devant la fenêtre tout en démêlant ses cheveux humides. Elle aperçut alors deux silhouettes masculines sur la plage, au bout du jardin. Tout de suite, elle sut qu'il se passait quelque chose d'anormal. Les deux hommes ne se promenaient pas. Manifestement, ils patrouillaient.

Lizzie s'habilla à la hâte et quitta la chambre. Dans l'escalier, elle croisa deux femmes de chambre qui avaient l'air agité. Elles la saluèrent avec leur politesse coutumière, mais sans adresser à Lizzie ce sourire rayonnant qui semblait d'ordinaire ne jamais les quitter.

Intriguée, Lizzie déboucha dans le hall et se guida à la voix de Luc qui s'échappait de la petite salle à manger. Il avait une intonation grave et paraissait tendu. A son entrée dans la pièce, elle le découvrit debout près de la table. Il était en train de se servir une tasse de café tout en parlant dans son téléphone portable. Il avait la mine sombre et un accent coupant. Ses gestes étaient décidés, impatients.

C'était encore une facette de lui qu'elle ne connaissait

pas, remarqua-t-elle en l'observant du pas de la porte : le magnat plein d'autorité qui gérait et commandait.

Elle attendit qu'il ait refermé son portable dans un claquement sec pour le questionner :

— Que se passe-t-il ?

— Notre petite retraite a été découverte. Elena Romano a trouvé très drôle d'en divulguer l'emplacement sur internet, avec un commentaire acide sur « Luciano De Santis dans le privé ». Et elle a réussi à te photographier avec ta capeline rose, Dieu sait comment, sans doute juste après que nous les avons quittés l'autre jour, elle et son mari. La photo est publiée sur le net, bien entendu.

— Mais… pourquoi a-t-elle attendu deux semaines pour faire cela ?

— Fabio l'a jetée à la porte. Apparemment, il l'a surprise dans une situation compromettante sur leur yacht, avec un membre de l'équipage. Je suppose qu'elle a cherché à dévier l'attention des média sur notre couple pour ne pas en pâtir elle-même.

— Et a-t-elle réussi ?

— Oui, confirma-t-il en lui tendant la tasse qu'il venait de remplir de café. Au moment où nous parlons, les paparazzi ont envahi l'île, ce qui signifie que nous allons devoir écourter notre séjour.

Et quand Luc disait « écourter », il le pensait vraiment. Lizzie put le constater quelques secondes plus tard, quand elle entendit un hélicoptère survoler la maison. L'appareil se posa sur la pelouse, près de la piscine. S'étant approchée de la fenêtre, elle vit aussi que Luc avait disposé des vigiles un peu partout sur la propriété, des hommes en costume noir équipés de talkie-walkie, qui arpentaient le jardin et ses environs à la recherche du moindre intrus.

Elle ne put s'empêcher d'être impressionnée par ce déploiement quasi militaire.

— Est-ce bien nécessaire ? demanda-t-elle.

— Oui. J'ai une autre nouvelle à t'annoncer.

Il attendit qu'elle se tourne vers lui pour reprendre d'un ton grave qui n'augurait rien de bon :

— Les amants en fuite sont revenus... Bianca se trouve chez Vito Moreno, à Sydney, et ton frère est de retour en Angleterre. Il a été arrêté à l'aéroport de Gatwick et en ce moment même, il est interrogé par la police.

Lizzie se sentit pâlir.

— Mais concernant l'argent, tu m'avais promis...

— Il a avoué, *cara*. Il a confessé avoir pris cette somme sur le compte de l'entreprise, et mon petit stratagème a été éventé. Je suis moi-même attendu à Milan pour m'expliquer avec les autorités.

Si Lizzie n'eut que dix minutes pour empaqueter fébrilement quelques affaires essentielles, elle eut tout le temps de ruminer ces sombres nouvelles durant le vol de neuf heures qui les ramena vers l'Italie.

Luc demeurait plongé dans le silence. Il se retranchait derrière une politesse glacée dont Lizzie ne pouvait pas vraiment lui tenir rigueur. Sa probité d'homme d'affaires était mise en doute. Il était atteint dans sa fierté et dans son honneur. Et sans doute en voulait-il beaucoup à Bianca et à Matthew.

Dans ce marasme, la seule bonne nouvelle était que l'arrestation de ce dernier n'avait pas encore été rendue publique. Et durant le voyage, Luc passa le plus clair de son temps au téléphone pour empêcher que cela ne se produise.

Il était tôt le lendemain matin lorsqu'ils atterrirent sur le tarmac de l'aéroport de Linate. Le ciel était couvert d'épais nuages gris et il pleuvait. Une limousine aux vitres teintées vint les chercher et les transporta jusqu'à Milan. Il ne leur fallut qu'une demi-heure pour atteindre l'appartement de Luciano.

Pendant que ce dernier consultait son courrier, Lizzie déambula dans le bureau, consciente des coups d'œil acérés qu'il lui jetait de temps à autre. Tout comme elle, il savait que l'interlude idyllique était terminé et que dorénavant, leur mariage allait retomber dans la froide réalité.

De fait, il s'était changé et portait désormais un costume austère, d'une coupe parfaite, à l'élégance urbaine. Ses cheveux étaient impeccablement coiffés.

— Je te ferai visiter les lieux d'ici une minute, lui dit-il distraitement, d'une voix différente, distante.

— Je suis déjà venue, tu sais, répondit-elle avec un petit sourire crispé.

Il avait eu exactement le même ton lors de cette fête organisée ici, chez lui, durant la première semaine que Lizzie avait passée à Milan. A l'époque, il l'avait à peine remarquée parmi les invités qui se pressaient devant le buffet. Il l'avait juste saluée avec sa cordialité habituelle, sans vraiment s'arrêter pour lui parler : « Bonsoir, comment allez-vous ? J'espère que vous passez une bonne soirée ? »

S'était-il seulement souvenu de son prénom ce soir-là ?

Puis elle sourit toute seule. Bien sûr qu'il s'en était souvenu ! Ne parlait-il pas un million de langues ? Comment aurait-il pu oublier un seul prénom ?

— Nous allons passer beaucoup de temps ici, la prévint-il. Aussi, si tu as envie de modifier quoi que ce soit, ne te gêne pas. Change tout ce que tu voudras, à ta guise.

Lizzie hocha la tête avant de passer dans la pièce voisine. Qu'y avait-il à changer ici ? s'interrogea-t-elle. La décoration était d'un style résolument masculin et sobre. Des rideaux gris et bruns, assortis au canapé de cuir tabac égayé de coussins écrus. Certes, on pouvait amener un peu de gaieté et de fraîcheur dans cet intérieur. Pourquoi pas des fleurs ? Et changer quelques tableaux pour les remplacer par ses propres esquisses qu'elle traçait d'un charbon énergique quand elle avait besoin de se défouler…

Mais curieusement, la perspective d'apporter sa touche personnelle à la décoration de cet appartement ne l'enthousiasmait pas du tout.

Elle repassa sur le seuil du bureau.

— Puis-je avoir ma propre chambre ?

Elle ne savait même pas pourquoi elle lui adressait cette requête. Ou plutôt, elle ne voulait pas s'appesantir sur les raisons profondes, elle y réfléchirait plus tard. Quand les choses se seraient arrangées. Car elles s'arrangeraient forcément, non ?

— Pourquoi ? s'étonna-t-il.

— Pour avoir un espace à moi, éluda-t-elle. Un endroit où je pourrais mettre mon fouillis personnel, quand mes affaires auront été livrées.

— Parce que tu serais du genre désordonné ? articula-t-il d'un ton sec, clairement dubitatif.

— Eh bien… parfois.

Elle sentit ses yeux s'embuer et se détourna vivement.

Un gouffre immense était en train de s'ouvrir entre eux. Tout à coup, la différence d'âge prenait toute son importance. Douze ans. Douze années qui permettaient à Luc de se tenir là devant elle, calme, sûr de lui, prêt à affronter sans paniquer la situation qui se profilait devant eux.

Tandis qu'elle…

Elle déglutit avec peine. Son cœur tambourinait dans sa poitrine. Elle se rendait compte que ce gouffre avait commencé à se former dès qu'ils avaient quitté l'île. Il s'était encore élargi durant le long vol transatlantique, et encore un peu plus quand Luc avait émergé de la chambre vêtu tel qu'il l'était maintenant et lui avait suggéré de se changer elle aussi.

Elle avait l'impression d'être face à un étranger. Et elle-même ne se reconnaissait plus. On aurait dit que Luc l'avait façonnée à son image.

— Que se passe-t-il, *cara* ?

— Rien… C'est juste que… je ne me sens pas à ma place, ici.

— Tu t'habitueras et tu trouveras tes marques.

Cela sonnait comme un ordre.

— Sans doute, mais…

A cet instant, la sonnerie du téléphone retentit, stridente. Après deux semaines passées dans le calme le plus absolu, tous deux sursautèrent. Luc répondit et Lizzie s'éloigna. Résolue à maîtriser son trouble, elle se dirigea vers l'endroit où, dans son souvenir, était située la cuisine.

Là, elle s'activa à rassembler les divers éléments nécessaires pour faire du café.

Luc la rejoignit quelques minutes plus tard.

— Il faut que je sorte, annonça-t-il.

Elle hocha la tête. Elle aurait voulu lui parler de Matthew, du pétrin dans lequel lui-même se trouvait aujourd'hui à cause de la famille Hadley, mais les mots s'obstinaient à la fuir.

— J'ignore quand je pourrai revenir, mais une de mes employées, Abriana Tristano, va venir ici et saura te guider pour faire face aux éventuelles répercussions médiatiques.

— Une sorte de conseillère, c'est cela ?

— Oui. Une des meilleures dans son domaine. Laisse-la s'occuper de tout. Elle a mon numéro de portable en cas de besoin.

« Je n'aime pas cela ! » songea Lizzie.

— Je préférerais venir avec toi et être vue à tes côtés. Comme ça, tout le monde saura que je te soutiens…

Pour la première fois depuis des heures, Luc sourit, d'un sourire intime et complice qui adoucit ses traits et réchauffa le cœur de Lizzie bien mieux que ne l'aurait fait le fameux rhum de Martha.

— *Amore*, je ne parviendrai pas à me concentrer si tu restes près de moi.

Incapable de se retenir, elle courut se jeter à son cou. Loin de la repousser, il la serra fort dans ses bras. Ils s'embrassèrent, puis Lizzie détacha à regret ses lèvres des siennes pour chuchoter :

— Ne laisse pas la police te malmener !

— Penses-tu que je sois du genre à subir sans me battre ?

— Non, mais… je suis inquiète, c'est tout.

— C'est inutile. Je sais ce que je fais, crois-moi.

La sonnette de la porte d'entrée carillonna. Luc se détacha d'elle et alla ouvrir. C'était Abriana, qui se révéla être une femme très agréable, à la grande surprise de Lizzie qui, sans trop savoir pourquoi, s'était préparée à la trouver antipathique. Abriana portait un jean et des baskets, et elle avait amené un paquet de gâteaux qu'elle venait d'acheter à la pâtisserie du coin.

Sa nature enjouée apaisa un peu les craintes de Lizzie, tout comme la fermeté dont elle fit preuve chaque fois qu'un visiteur inopportun tenta par la suite de frapper à la porte de l'appartement, ou qu'un coup de téléphone fut donné par un interlocuteur indésirable. La collaboratrice de Luc était certes charmante, mais en cas de nécessité, c'était un vrai cerbère !

Néanmoins, au bout de vingt-quatre heures de ce régime, Lizzie commença à comprendre qu'elle était aussi isolée du reste du monde qu'elle l'avait été à la villa du lac de Côme. On la protégeait avec soin de l'agressivité des paparazzi qui rôdaient dans le quartier, affamés de la moindre information. Elle ne prenait aucun appel téléphonique, ne lisait pas la presse. Mais Luc ne pouvait quand même pas l'empêcher de regarder la télévision, et, lors des nouvelles économiques, la question revenait sans cesse sur les lèvres des journalistes :

Luciano De Santis, le président de la célèbre banque De Santis, s'était-il rendu coupable de détournement de fonds pour prêter de l'argent à son beau-père ?

— Luc ne voudrait pas que vous regardiez ces émissions, lui dit Abriana en la surprenant devant la télé. Il n'a rien fait de mal, c'est son propre argent qu'il a avancé à votre père, il n'a pas puisé dans les caisses de la banque. Cela ne lui sera pas difficile de le prouver.

Mais Lizzie se doutait que l'affaire n'était pas aussi simple qu'Abriana voulait le lui faire croire. Sinon, Luc n'aurait pas eu besoin de se déplacer pour se justifier devant les autorités.

Elle le vit à peine durant la semaine qui s'écoula. Il avait beau rentrer le soir, il était fatigué et parlait peu. Jour après jour, le stress et le manque de sommeil lui creusaient les traits. Il ne dormait pas avec Lizzie, sous prétexte de ne pas la déranger quand il revenait aux petites heures de la nuit pour se relever à l'aube.

Lizzie comprenait, mais Luc lui manquait. Egoïstement, elle avait envie de l'avoir pour elle seule.

Huit jours avaient passé dans ce climat angoissant quand, au beau milieu de la nuit, elle sentit le matelas s'enfoncer à côté d'elle. Deux bras forts l'encerclèrent. Puis les lèvres tièdes de Luc se posèrent sur les siennes.

Tout de suite, elle sentit qu'il était différent, détendu et apaisé.

— C'est fini ? chuchota-t-elle dans le noir.

— Oui, c'est fini, confirma-t-il. Ton frère ne sera pas inquiété. La banque de ton père a décidé de ne pas porter plainte dans la mesure où l'argent n'a disparu que durant vingt-quatre heures. Ton père n'a eu qu'à dire la vérité, à savoir qu'il ne s'est rendu compte de rien et qu'il n'a pris aucune part active dans cette histoire.

— Et toi ?

— Je m'en suis sorti en suivant la ligne de conduite que j'avais choisie depuis le début. Du moment que j'affirme n'avoir jamais été au courant que ton frère avait « emprunté » ces cinq millions et demi, on ne peut absolument rien me reprocher.

Lizzie promena ses doigts sur la mâchoire ombrée d'une barbe naissante.

— Mais ce que tu as fait… c'était mal… n'est-ce pas ?

— Sur un plan moral, oui, concéda-t-il.

Elle sentit les larmes lui noyer les yeux et déborder sur ses joues.

— Oh Luc ! Je suis tellement navrée que tu aies été obligé de faire quelque chose de répréhensible au regard de la loi… à cause de moi ! Oh Luc… je t'aime ! Je t'aime tant ! ajouta-t-elle, dans un aveu qu'il lui était absolument impossible de contenir.

Jamais encore elle n'avait prononcé ces mots devant lui. Pendant un long moment — une éternité —, il demeura silencieux. Puis elle perçut son sourire dans sa voix alors qu'il répondait :

— Une telle gratitude de la part de la personne la plus critique à mon endroit… cela valait vraiment le coup !

Lizzie eut l'impression de recevoir un coup en pleine figure. Elle crut que son cœur se déchirait et voulut se redresser, mais Luc la retint.

— Non, pardon, dit-il d'une voix rauque. Oublie ce que j'ai dit, *cara*. Je suis encore sous le coup de cet interrogatoire serré pendant lequel j'ai dû éluder toute une batterie de questions sans jamais me contredire. Je t'aime, *bella mia*. Bien sûr que je t'aime ! Pourquoi aurais-je risqué ma réputation et mon honneur si cela n'avait été pour la femme de ma vie ?

Oui, pourquoi ? se demandait Lizzie, ulcérée. Par désir ? Colère ? Blessure d'orgueil ? Pour ne pas avoir l'air d'un idiot après la défection de Bianca ? La liste des possibilités était infinie.

— C'est toi que je veux et personne d'autre, assura-t-il encore en l'attirant à lui.

Cette nuit-là, ils firent l'amour avec une intensité particulière qui confinait au désespoir. Comblée physiquement, Lizzie ne put cependant empêcher ses larmes de couler. Luc les essuya sur ses joues mais ne dit plus rien et se contenta de la garder entre ses bras.

A son réveil le lendemain matin, Lizzie était seule et une douleur sourde pulsait au creux de sa poitrine.

Elle ignorait encore que cette douleur n'allait faire qu'empirer au cours de la journée.

Elle se leva. Au fond, elle aurait préféré rester au lit, la tête cachée sous l'oreiller. Mais Abriana n'allait pas tarder à arriver, aussi devait-elle se préparer. Une fois habillée, elle trouva un message de Luc dans la cuisine. Les doigts tremblants, elle saisit la feuille posée contre la bouilloire et déchiffra l'écriture énergique et nerveuse : « Dîner à 20 heures. Je vais réserver une table dans un grand restaurant. Mets ta plus jolie robe, ce sera notre premier vrai rendez-vous. *Ti amo.* Luc. »

La gorge de Lizzie se contracta et elle eut un sanglot étranglé. *Ti amo*, avait-il écrit. Sans en penser un mot. Il était juste confus et tentait de faire amende honorable, car ils étaient mariés et devaient continuer à vivre ensemble. Alors, il s'efforçait d'introduire une certaine dose de « normalité » dans leur couple, sans se rendre compte que cela sonnait faux, terriblement faux.

Furieuse, elle froissa le papier pour en faire une boule qu'elle jeta par terre. Machinalement, elle se frictionna les épaules. Elle avait tellement froid…

Dans le salon, le téléphone se mit à sonner. Il fallut six sonneries pour qu'elle se décide enfin à décrocher.

— Oui ?

— Elizabeth ? fit la voix étonnée de Luc. Pourquoi réponds-tu au téléphone ? Où est Abriana ?

— Elle n'est pas encore arrivée.

Il y eut un court silence à l'autre bout du fil, puis :

— Est-ce que tout va bien, *cara* ?

Pour la première fois, ce petit mot de tendresse lui parut insupportable. Elle bredouilla :

— Luc, je crois que… je vais prendre l'avion pour l'Angleterre… et rentrer chez mon père…

— Quoi ? s'exclama-t-il. Il n'en est pas question ! Pas maintenant ! Qu'est-ce qui te prend ?

— J'ai réfléchi…

— Eh bien, ne réfléchis plus ! coupa-t-il avec colère. *Por dio,* je ne comprendrai décidément jamais les femmes ! Ecoute, je suis en route pour l'appartement. Ne bouge pas et attends-moi. Abriana devrait être là depuis longtemps, où est-elle passée ?

— Tu arrives ? Mais comment cela se fait-il ?

— Changement de programme. Je t'expliquerai. Nous allons retourner à la villa. Fais vite ta valise, mais pour le lac de Côme, pas pour l'Angleterre !

Sur ce, il raccrocha.

Incrédule, Lizzie resta un moment à fixer le combiné. Luciano se fâchait rarement. D'ordinaire, plus les choses allaient mal, plus il devenait glacial et distant. Que signifiait ce changement ?

Elle se posait toujours la question quand la sonnette retentit.

« Abriana, sans doute », songea-t-elle en raccrochant enfin pour aller ouvrir.

Mais ce n'était pas Abriana qui se tenait derrière la porte. Lizzie se pétrifia, stupéfaite, et s'exclama :

— Bianca !

10.

Ses yeux noirs crachant des éclairs, Bianca Moreno força le passage et, la porte à peine refermée dans son dos, se dressa face à Lizzie qu'elle gifla à toute volée.

— Comment as-tu osé ? hurla-t-elle, folle de rage. Comment as-tu osé lui sauter dessus dès que j'ai eu le dos tourné ?

Lizzie tituba, la main pressée contre sa joue brûlante.

— Mais… tu t'es enfuie avec Matthew… tu as quitté Luc…

— Jamais de la vie ! C'est Luc qui m'a abandonnée en me disant qu'il voulait épouser quelqu'un d'autre !

— C'est faux… tu sais que c'est faux !

Telle une furie, Bianca déboucha dans le salon. Encore sous le choc, Lizzie la suivit et la regarda arpenter la pièce.

— Matthew est venu à mon secours, poursuivit-elle d'une voix tragique. Je l'ai tout de suite appelé quand j'ai vu ce qui se tramait entre toi et Luc !

— Mais il ne se passait rien du tout…

— Je voulais qu'il t'emmène au loin pour t'empêcher de ruiner ma vie. C'est ce qu'il avait l'intention de faire, le lendemain de… de ce soir terrible où je vous ai surpris sur la terrasse, toi et Luc, et où j'ai compris ce que tu mijotais !

Bianca criait. Les larmes striaient ses joues et le chagrin déformait son ravissant visage. Lizzie ouvrit la bouche pour protester, puis la referma. Elle se remémorait la scène sur la terrasse et son sentiment de culpabilité revint au triple galop.

Bianca la foudroya d'un regard brûlant de haine :

— Ce soir-là, je me suis débrouillée pour t'éloigner de Luc le plus vite possible. Ton frère voulait te retrouver dans ta chambre d'hôtel et te ramener en Angleterre, mais c'était déjà trop tard ! Luc est arrivé à l'hôtel quelques minutes après nous. Il m'a dit que tout était terminé. Oui Lizzie, devant ton frère et mon cousin Vito ! Je n'ai jamais été aussi humiliée de toute ma vie !

Lizzie n'était pas dupe. Rien ne s'était passé comme Bianca le prétendait. Ce qu'elle ne comprenait pas, c'était pourquoi celle-ci lui jouait un tel numéro.

— Tu mens, Bianca. Nous le savons toutes deux.

— Ah je mens ? Alors jure-moi que tu n'as pas été attirée par mon fiancé à la minute où tu as posé les yeux sur lui !

Lizzie fut secouée par un frisson.

— Ô seigneur..., murmura-t-elle.

— Tu étais mon amie... ma *meilleure* amie ! Et tu m'as trahie de la pire façon. Eh bien maintenant, tu vas souffrir autant que moi je souffre. Parce que j'attends un bébé de Luc et que je suis venue récupérer le père de mon enfant !

Les derniers mots résonnèrent et parurent se répercuter contre les murs du salon soudain silencieux. Puis, plusieurs choses se passèrent en même temps. La haute silhouette de Luc apparut sur le seuil de la porte. A ses côtés se tenait Abriana, livide.

Bianca aperçut Luc et, en pleurs, se précipita pour se jeter à son cou.

— Luc, Luc, je suis désolée, désolée ! sanglota-t-elle, agrippée à lui.

Le visage figé, Luc regardait Lizzie. Il avait forcément entendu ce que Bianca venait de dire, car il se trouvait déjà dans l'appartement au moment où elle avait hurlé. Or, il ne cherchait pas à nier. Il ne repoussait pas Bianca. Il se contentait de dévisager Lizzie comme s'il attendait que ce soit *elle* qui prenne la parole.

Mais que pouvait-elle dire ?

Tout à coup, tout s'éclairait dans son esprit. Bien sûr que Luc et Bianca avaient été amants ! Elle devait être bien naïve pour ne pas y avoir pensé plus tôt ; ou plutôt bien lâche pour refuser d'admettre une telle évidence.

Elle retint un haut-le-cœur et comprit qu'elle devait sortir, quitter cette pièce avant d'être malade devant tout le monde.

Comme elle cherchait à gagner le couloir, Luc la retint au passage par le bras.

— Elizabeth, je t'en prie… Je vais régler tout ça.

Elle faillit lui rire au nez. Comment comptait-il se tirer d'affaire, cette fois, avec une ex-fiancée hystérique, une épouse trop candide et un bébé dont l'existence venait relativiser l'importance de tout le reste ?

D'un mouvement brusque, elle se dégagea et courut se réfugier dans la chambre. Là, elle se surprit à fixer son reflet dans la glace comme si elle considérait une totale étrangère…

C'était fini. Et peu importaient les mensonges de Bianca. Celle-ci attendait un enfant. L'enfant de Luc. Le premier héritier De Santis. C'était Lizzie l'intruse dans ce trio gagnant. C'est elle qui allait devoir céder la place.

Peut-être Bianca avait-elle raison ? Peut-être Lizzie méritait-elle ce qui lui arrivait, au bout du compte ?

Au prix d'un effort, elle s'arracha à la contemplation de son reflet dans le miroir. Une sorte de fébrilité la saisit. Elle devait partir, s'en aller, le plus vite possible ! Elle sortit une valise de l'armoire, fourra dedans les premiers vêtements qui lui tombaient sous la main, prit dans la penderie un imperméable qu'elle enfila sur son jean et son T-shirt. Elle attrapa ensuite son sac à main, fourragea à l'intérieur à la recherche de son passeport et de sa carte de crédit. Tout était en ordre.

Oubliant sa valise, elle alla ouvrir la porte de la chambre. Le couloir était désert. Il n'y avait personne en vue. En passant devant le salon, elle constata que la porte du bureau était close. Luc devait s'y être enfermé avec Bianca.

Dehors, il pleuvait à verse. Lizzie héla un taxi et demanda à être conduite à l'aéroport de Linate. Là-bas, en dépit d'un trafic intense, elle parvint à réserver une place à bord d'un vol pour Londres. Et, trois petites heures plus tard, elle franchissait les portes de Gatwick.

Le premier visage qu'elle repéra à son arrivée à l'aéroport fut celui de son père. Les larmes inondèrent aussitôt ses joues.

— Papa ? Mais comment as-tu su… ?

— Luc m'a appelé, dit-il, avant de désigner quelqu'un qui se tenait derrière elle.

Surprise, elle pivota… et reconnut un des agents de la sécurité employés par Luc.

Depuis qu'elle avait quitté l'appartement de Milan, elle avait donc été suivie, pas à pas. Ses larmes coulèrent de plus belle et elle se jeta dans les bras de son père.

— Là, ma chérie… Tout va bien, tu es de retour à la maison, maintenant, murmura-t-il en lui tapotant gauchement l'épaule.

Ils gagnèrent le parking et se retrouvèrent bientôt dans la voiture d'Edward Hadley. Tout en manœuvrant le véhicule, ce dernier marmonna :

— Si j'ai appris une chose dans cette folle équipée, c'est que bien mal acquis ne profite jamais ! Un jour ou l'autre, il faut payer ce que l'on s'est indûment approprié.

Lizzie ne savait pas trop s'il parlait de Matthew qui avait

dérobé l'argent à la banque, ou d'elle qui avait volé le mari de Bianca. Elle préféra ne pas poser la question.

— Où est mon frère ? demanda-t-elle.

— Dans une clinique de désintoxication, un établissement très chic. Luc a payé tous les frais, bien sûr. Il ne t'en a donc pas parlé ?

— Luc a la manie de vouloir me protéger à tout prix des choses désagréables de la vie, soupira-t-elle. Mais pourquoi une clinique de désintoxication ?

— Ton frère est tombé dans la cocaïne longtemps avant son escapade avec Bianca. Je me sens responsable et je m'en veux beaucoup, tu sais. Je n'aurais pas dû le contraindre à devenir quelqu'un qu'il n'avait nullement envie d'être. Matthew devait beaucoup d'argent à des personnes peu recommandables. Voilà pourquoi il a volé l'argent sur le compte de la société Hadley. Et, inconsciemment, il devait aussi chercher à se venger de moi. Tu connais la suite. Il s'est enfui en Australie avec Bianca et il a vite compris qu'un premier amour n'est souvent pas celui qui dure toute une vie.

Lizzie ne savait que penser. Au reste, elle n'avait pas envie de réfléchir. Elle voulait rentrer chez elle, retrouver sa chambre d'enfant et s'y cloîtrer le reste de sa vie.

A peine avaient-ils ouvert la porte de la maison que le téléphone se mit à sonner. Edward Hadley décrocha dans le vestibule.

— C'est Luc, dit-il à sa fille en lui tendant le combiné.

Secouant farouchement la tête, elle emprunta le couloir et cria :

— Je ne veux pas lui parler !

— Lizzie, nous lui devons beaucoup, lui rappela son père.

— Pas moi ! J'ai remboursé ma dette envers lui.

« En baisers et en souffrance », ajouta-t-elle en son for

intérieur. Elle avait trop cru à ses mensonges, elle ne voulait plus les entendre.

Luc ne rappela pas de toute la semaine. Plus les heures et les jours passaient, plus Lizzie sentait la haine grandir en elle, si bien que lorsqu'il apparut sur le pas de la porte d'entrée, au bout du huitième jour, elle était prête à le gifler, comme Bianca l'avait fait.

Mais on ne frappait pas un homme qui avait l'air tellement en colère.

Il pleuvait des cordes et Luc était trempé, de son manteau de fine laine à ses élégantes chaussures italiennes. Un éclair furieux dansait au fond de ses prunelles sombres.

— Puis-je entrer ? demanda-t-il d'une voix grondante qui indiquait que, de toute façon, il n'avait aucune intention de se laisser éconduire.

Le menton pointé en avant, Lizzie rétorqua :

— Je ne sais pas ce qui te fait croire que tu as le droit de débarquer ici à l'improviste, très certainement pour me donner des ordres, en plus !

Il avança d'un pas, dominant Lizzie de toute la hauteur de son mètre quatre-vingt-dix et l'obligeant à battre en retraite. Puis, après avoir refermé la porte, il lui fit de nouveau face. Mais Lizzie n'avait pas attendu pour fuir jusque dans le salon où elle se tordait les mains avec nervosité devant la cheminée.

Luc entra à son tour dans la pièce.

Ici, la lumière était plus douce. La hauteur de plafond, bien moins élevée que dans ses luxueuses demeures, le faisait paraître plus grand, plus intimidant. Mais il était pâle et — Lizzie le remarqua soudain —, il avait les traits tirés comme s'il avait passé plusieurs nuits blanches.

— Tu as maigri, remarqua-t-il, preuve que lui aussi l'avait étudiée de son côté.

— Non, pas du tout, contra-t-elle.

— Et tu as l'air fatigué. Tu manques peut-être de sommeil depuis que tu m'as quitté, *cara* ?

— Toujours aussi arrogant !

— On ne me changera plus.

Elle baissa les yeux pour dissimuler la vague d'émotion qui montait en elle. Elle ne voulait pas faiblir face à lui. Elle parvint à se dominer et, lorsqu'elle releva la tête, elle vit qu'il observait une photo posée sur le manteau de la cheminée. L'émotion revint à la charge. Le cliché la montrait le jour de la remise des diplômes. Elle souriait timidement à l'objectif. C'est Bianca qui avait tenu l'appareil.

— Comment va-t-elle ? demanda-t-elle brusquement. Je veux dire… Bianca.

— Très bien. Elle est à Londres, chez ses parents. Elizabeth…

— Matthew est sorti de la clinique.

— Je sais. Elizabeth…

— Il ne reviendra pas à la maison. C'est une petite ville ici, tout le monde se connaît et il ne supporterait pas… Alors il a décidé d'aller vivre à Falmouth. Il a trouvé un colocataire, un ancien ami de lycée. Ils projettent de s'embarquer bientôt dans un tour du monde, sac au dos. Matthew dit qu'il veut « se trouver ». Toute cette pagaille a eu au moins un avantage : papa a enfin accepté de le laisser vivre sa vie. Il a tiré un trait définitif sur la drogue et…

Luc l'interrompit en déclarant doucement :

— Elizabeth, *amore,* il n'y a pas de bébé.

11.

Lizzie le dévisageait de ses yeux écarquillés. Il ajouta :

— Je te l'aurais dit si tu m'en avais laissé le temps. Bianca a menti. Elle n'est pas enceinte et ne l'a jamais été. Elle était juste en colère contre tout le monde, toi, moi, ton frère, en colère contre elle-même pour avoir gâché sa vie…

— Tu veux dire… qu'elle a dit tout cela pour me blesser uniquement ?

— Toi… et moi aussi. Elle te connaît bien, elle savait quoi dire pour te faire mal et te faire fuir loin de moi.

Comme Lizzie demeurait immobile, il fronça les sourcils et la lueur dangereuse revint dans son regard. Il insista :

— Je te le répète, il n'y a jamais eu de bébé ! Aussi je me demande comment il se fait que tu ne te sois pas encore jetée dans mes bras, ravie et soulagée ? Tu es celle que j'ai épousée, ma femme, et tu aurais dû rester à Milan auprès de moi pour me soutenir, au lieu de détaler comme si tu avais le diable à tes trousses !

Cinglée par le ton de reproche qu'il avait employé, Lizzie sentit la rage monter en elle. Comment, il osait s'étonner qu'elle ne soit pas restée à Milan pour être une nouvelle fois la risée de toute la ville ! Et maintenant qu'il lui avait annoncé que ce bébé n'existait que dans l'imagination de Bianca, il ne comprenait pas qu'elle ne tombe pas à ses pieds, éperdue de gratitude !

— Tu oublies que j'avais l'intention de te quitter *avant* que Bianca ne refasse son apparition, jeta-t-elle.

— Non, je ne l'oublie pas. Je t'offrais juste l'opportunité d'effacer de nos mémoires cet accident de parcours embarrassant.

— Et si je ne veux pas l'effacer, moi ?

Comme il ébauchait un mouvement dans sa direction, elle se mit d'un bond hors de sa portée.

— Non, ne me touche pas ! cria-t-elle. Tu m'as menti, tu m'as tyrannisée et traitée comme une enfant incapable de faire face au moindre problème. Et qu'ai-je reçu en échange ? Quelques nuits en ta compagnie, que tu as généreusement bien voulu m'octroyer. Pourquoi cela suffirait-il à garantir ma loyauté et un indéfectible soutien à ton égard ?

A sa grande surprise, il passa la main dans ses cheveux humides de pluie et soupira :

— Tu as raison. Tu mérites bien mieux.

— Ah, merci quand même de le reconnaître ! Et maintenant, je préfère que tu t'en ailles, Luc. Mon père va rentrer d'une minute à l'autre et…

— Non, il ne rentrera pas, coupa-t-il à mi-voix.

Elle le regarda sans comprendre. Il expliqua :

— Ton père sait que je suis ici. Je lui ai dit que j'allais t'emmener dîner dehors.

— Dîner avec toi ? Sûrement pas !

— Tu n'as pas d'autre moyen de te débarrasser de moi, *cara*.

Elle avait de nouveau devant elle le froid Luciano De Santis, calculateur, détaché, qui ne jouait que selon les règles qu'il avait expressément établies.

— Que veux-tu dire ? s'entendit-elle demander.

— Un dîner. C'est tout ce que j'exige. J'ai déjà réservé une table dans un restaurant de la région. Je te demande juste de t'asseoir en face de moi et de manger. Ce n'est pas grand-chose, quand on sait que ta famille me doit plus de cinq millions de livres…

Encore un coup bas. Décidément, il ne reculait devant rien… Les bras croisés sur sa poitrine, Lizzie laissa passer quelques secondes, le temps de contenir sa colère. Puis, un peu calmée, elle demanda :

— Un dîner, un seul ? Et où cela ?

— A mon hôtel. Je suis descendu au Langwell Hall.

Le meilleur établissement de toute la région. Bien sûr. Luciano De Santis ne se serait pas contenté de moins. Et elle savait très bien ce qu'il cherchait à faire : il voulait l'enlever de son environnement familier où elle se sentait en sécurité pour l'emmener sur son territoire.

— Je n'ai pas de toilette assez chic pour aller manger au Langwell Hall, décréta-t-elle, butée.

— Viens comme tu es. C'est un dîner, pas un défilé de mode.

Elle hésita. Elle voyait bien le danger qu'il y avait à accepter. D'un autre côté…

— Un dîner, c'est tout. Ensuite, tu me ramèneras ici ? Sans menace, sans tentative de chantage ? Tu me le promets ?

— Oui, acquiesça-t-il, solennel.

Résignée, Lizzie se dirigea vers l'escalier.

Lorsqu'elle ressortit de sa chambre un quart d'heure plus tard, elle portait sa tenue la plus élégante, une simple robe en jersey noir, aux manches longues et au décolleté carré, qui lui tombait au-dessous du genou.

Luc l'attendait dans le hall, un air d'infinie patience peint sur les traits. Lizzie enfila son manteau, puis ils filèrent sous la pluie battante, jusque dans sa Bentley de location.

Aucun d'eux ne parla durant le trajet.

Langwell Hall ressemblait exactement à l'idée que Lizzie s'en était faite : des murs lambrissés de chêne sombre, de hauts plafonds, des moulures de plâtre, un gigantesque escalier central et de grandes pièces meublées d'antiquités. Des collections de porcelaines rares ornaient les vitrines disposées le long des murs.

On les escorta jusqu'à une table placée en retrait, dans un angle de la grande salle de restaurant. Une personne invisible avait subtilisé leurs manteaux.

— Il te faut des diamants, murmura Luc alors que Lizzie prenait place à table.

— Je suis sûre que tu peux trouver beaucoup mieux pour m'amadouer, riposta-t-elle d'une voix dépourvue d'aménité.

Elle pensait aux diamants de Bianca. Il dut y songer lui aussi, car il fit une petite grimace et reprit :

— Des émeraudes, alors ? Pour aller avec tes yeux.

— Complètement démodé, ce compliment. Et je te rappelle que mes yeux sont gris.

— Pas en ce moment.

Elle ne put s'empêcher de rougir au souvenir de ce qu'il avait dit de ses iris qui changeaient de couleur dans le feu de la passion.

Luc commanda un grand vin sans même consulter la carte, et le sommelier acquiesça sans broncher. Puis on leur tendit les menus. Lizzie feignit de se plonger dans la lecture des plats proposés, sous le regard acéré de son mari.

— Arrête, dit-elle au bout d'un moment.

— J'aime te regarder.

Avec un soupir, elle reposa le menu :

— Je ne suis pas assez bonne en français, il va falloir que tu me traduises tout cela.

— *Ti amo* signifie « je t'aime ».

Loin de sourire, elle lui retourna un regard blessé :

— Ne te moque pas de moi, Luciano. Sinon, je m'en vais sur-le-champ.

Mais il n'y avait nulle trace de moquerie sur son visage

tendu. Brusquement, il saisit quelque chose dans sa poche intérieure. Il s'agissait d'un bout de papier froissé qu'il déposa devant Lizzie. Quand elle le déplia, interdite, elle reconnut le message qu'il lui avait laissé dans la cuisine de son appartement, une semaine plus tôt.

— Peux-tu m'expliquer ce qui t'a déplu dans ce mot, au point que tu t'acharnes sur un pauvre bout de papier ? demanda-t-il sans élever la voix. Je ne pense pas que ce soit « Dîner à 20 heures », ni « Je vais réserver une table dans un grand restaurant ». Alors ? Il me semble que ce sont les derniers mots qui te perturbent. Ai-je raison ?

— Je ne veux pas jouer à ce petit jeu !

Elle voulut se lever, mais il la saisit par le poignet et la retint.

— *Ti amo*, dit-il en la regardant droit dans les yeux.

— Non ! Luciano, lâche-moi…

— *Ti amo*. Je te le répéterai aussi longtemps que tu ne m'écouteras pas.

— Pour mieux te moquer de moi, comme tu l'as fait quand je t'ai dit que je t'aimais ? rétorqua-t-elle, furieuse.

L'homme et la femme assis à la table la plus proche avaient cessé de manger pour les regarder. Lizzie consentit à se rasseoir pour ne pas susciter davantage la curiosité des autres convives.

— Je sais que j'ai mal réagi, et c'est pour essayer de me racheter que je t'ai écrit ce message. Mais apparemment tu n'y as vu qu'un nouveau trait de mon humour tordu ?

— Tu es l'homme le plus insensible que je connaisse !

— *Ti amo*, répéta-t-il avec entêtement. Souviens-toi, au début de cette histoire, tu m'as dit que j'étais trop vieux pour toi, ce qui était vrai. Mais j'ai réussi à t'épouser.

— Oui. Tu es un prédateur, Luc, murmura-t-elle avec amertume. Si je te laisse faire, tu vas prendre tout ce que tu pourras, me vider de ma substance et de ma personnalité.

Tu t'es montré cruel, et tu t'en es rendu compte. Et tu as vraiment pensé que tu pourrais tout régler avec ce simple petit mot posé contre la bouilloire ? Eh bien, c'est raté !

Très digne, elle se leva, posa sa serviette et quitta la table. Elle eut le temps de traverser la salle de restaurant et de gagner le hall avant qu'une main d'acier ne se referme sur son bras. L'instant d'après, Luc la soulevait et la chargeait sur son épaule comme un vulgaire sac, avant de se diriger vers l'ascenseur.

— Luc, non ! Pose-moi immédiatement !

Sous l'œil médusé du liftier, Luc entra dans la cabine sans lâcher Lizzie qui, furibonde, se démenait en tous sens. En vain. Il la maintenait d'une poigne de fer.

— Ce n'est rien, juste une petite dispute entre époux, dit-il au liftier avant de lui fermer la porte au nez.

Lizzie enrageait.

— Tu es content de nous donner en spectacle ? Lâche-moi, je te l'ordonne !

— Sûrement pas. Tu refuses de m'écouter. Tu te fiches éperdument de moi et de mes sentiments. Tu m'aimes, mais tu ne m'aimes pas *vraiment* !

Ce reproche ôta à Lizzie ce qui lui restait d'énergie. Haletante, elle s'immobilisa. La sentant se détendre, il la reposa sur ses pieds au moment où les portes de l'ascenseur s'ouvraient. Puis, d'une main autoritaire, il l'entraîna vers sa chambre dont il ouvrit la porte à l'aide d'une carte magnétique.

Lizzie se retrouva dans une suite somptueuse telle qu'on en voyait dans les plus grands palaces. Mais elle n'eut pas le loisir d'admirer les lieux. Les yeux étincelants, Luc lui fit face. Bras écartés dans un aveu d'impuissance, il l'apostropha, une note de désespoir dans la voix :

— Que veux-tu d'autre, maintenant ? J'ai laissé partir Bianca. Je t'ai épousée. J'ai mis ma fierté et ma réputation en jeu pour toi. Que te faut-il de plus pour cesser d'être aveugle et comprendre pourquoi j'ai fait tout cela ?

Lizzie demeura coite. Elle n'avait jamais vu Luc dans un tel état. Il était en colère, certes, mais sur la défensive également. Il était aussi beau et sexy que d'ordinaire, mais infiniment plus séduisant car, pour la première fois, il s'ouvrait à elle et dévoilait enfin ses émotions.

— Tu… m'aimes ? murmura-t-elle avec incrédulité.

— Oui. Depuis le premier jour, quand nous nous sommes rencontrés à Londres. Cela m'a fait un choc. Au début, j'ai pensé que c'était parce que tu me rappelais *nonna*. Mais mes sentiments ne se sont pas dissipés avec le temps. Pourtant j'ai lutté. Ma vie était déjà toute tracée, je m'étais engagé vis-à-vis de Bianca…

— Et tu avais couché avec elle !

— Bien entendu. Que veux-tu que je te dise ? Je suis un homme de trente-quatre ans et je n'ai jamais fait vœu de chasteté. Mais avec Bianca, c'était…

— Non ! l'interrompit-elle vivement, la main tendue. Je t'interdis de nous comparer !

— Tu as raison, soupira-t-il. Mais je vais quand même te dire que oui, j'ai eu des relations intimes avec Bianca dès que nous avons été fiancés, parce que c'est ainsi que se passent les choses au XXIe siècle, *cara*. Toutefois cette intimité a cessé dès que j'ai fait ta connaissance. D'ailleurs, c'est sans doute ce qui a poussé Bianca à prendre des amants de son côté…

— Quoi ? s'exclama Lizzie.

— Tu dois comprendre que notre projet d'union n'était pas basé sur l'amour. Bianca était belle, elle voulait épouser un homme issu d'une grande famille et mener une vie de rêve… De mon côté, je voulais une épouse jolie qui me donnerait des enfants. Nous avons commis une immense erreur et nous nous sommes piégés nous-mêmes. Quand je t'ai rencontrée, j'ai su que je ne pourrais pas rester fidèle à Bianca. Tu ne pouvais pas t'empêcher de me regarder et j'adorais sentir tes yeux posés sur moi. Tu me fascinais. Tes cheveux me fascinaient. J'adore leur couleur, tout comme j'adore ta silhouette, tes seins, tes hanches et ta taille si fine... Tu me manques quand tu n'es pas pelotonnée dans notre lit. Je veux m'endormir chaque soir en te tenant dans mes bras. Est-ce assez ou dois-je continuer ? demanda-t-il en laissant retomber ses bras.

— Continue, ordonna Lizzie.

L'ombre d'un sourire apparut sur les lèvres de Luc, qui poursuivit :

— D'accord. Je ne veux plus jamais revoir sur ton visage l'expression que tu as eue quand Bianca a prétendu être enceinte. Et je déteste ta robe. Elle n'est pas assez transparente et le décolleté n'est pas assez profond. Et j'adore te voir là devant moi, à boire du petit lait parce que tu es convaincue de mériter tous ces compliments, alors que tu n'échapperas pas à ma vengeance pour n'être qu'une petite furie égoïste, obstinée, cruelle et ô combien désirable !

Il s'était approché et posa la main sur la nuque de la jeune femme. Lui empoignant doucement les cheveux, il lui renversa la tête en arrière.

— Vert émeraude, murmura-t-il. Tu meurs d'envie de déchirer mes vêtements.

— Je veux un enfant de toi, chuchota-t-elle.

Un éclair s'alluma dans le regard mordoré du fauve qui se cachait derrière l'homme civilisé.

— *Ti amo*, dit-elle encore dans un souffle, avant que les lèvres chaudes de Luc ne s'écrasent sur les siennes, dans un baiser torride qui la laissa vibrante de passion et vaincue par le désir.

— Je te dois quelques lionceaux et à peu près cinq millions et demi de baisers, murmura-t-elle encore.

— Tu n'auras pas assez de toute ta vie pour me rembourser ! Et sois sûre que je vais tenir les comptes, promit-il en l'emportant vers le lit.

collection *Azur*

Ne manquez pas, dès le 1er juillet

***UN MARI SUR CONTRAT**, Lindsay Armstrong* • *N°2899*

Mariage Arrangé

Depuis la mort de son père, Melinda doit non seulement gérer le domaine familial, proche de la faillite, mais aussi élever ses trois jeunes frères. Et lorsque les services sociaux menacent de lui retirer la garde de ces derniers, Melinda n'a d'autre choix que d'accepter le mariage de convenance que lui propose Etienne Hurst. Non sans appréhension. Car ce dernier est le frère de la femme qui a ruiné leur famille…

***LE MILLIARDAIRE DE NORTHCOTE,** Madeleine Ker* • *N°2900*

Un an plus tôt, Penny a quitté Ryan parce qu'elle avait le sentiment oppressant de vivre dans son ombre et de négliger sa propre existence. Pour se reconstruire, elle s'est installée dans un petit village et y a ouvert la boutique de fleuriste dont elle rêvait. Mais un jour, elle apprend que Ryan a acheté le manoir de Northcote, et qu'ils vont devenir voisins…

***AMOUREUSE D'UN HÉRITIER**, Abby Green* • *N°2901*

S'il ne se marie pas dans les six mois, Alexandros verra l'héritage de son oncle lui échapper et aller à son ennemi mortel. C'est alors que le hasard le met en présence de Kallie, la jeune femme qui, sept ans auparavant, a bien failli ruiner sa carrière et détruire sa vie. Par intérêt, par vengeance et… par désir, Alexandros décide que Kallie sera sa femme.

***L'HONNEUR DE GUIDO CORSENTINO,** Kate Walker* • *N°2902*

« Impossible. Cette femme est déjà mariée ! » Stupéfaite, Amber se tourne vers l'homme qui vient d'interrompre brutalement, par ces quelques mots, la cérémonie de son mariage. Guido Corsentino ! Comment ce séducteur sans scrupules, qu'elle a cru aimer, ose-t-il se présenter à l'église et prétendre devant tous qu'elle est déjà mariée avec lui ?

LA VENGEANCE À TOUT PRIX, *Diana Hamilton* • N°2903

Cinq ans plus tôt, Diego est tombé fou amoureux de Lisa, une jeune Anglaise de dix-huit ans qui passait ses vacances en Espagne. Si amoureux qu'il voulait l'épouser et partager sa vie avec elle. Mais Lisa l'a humilié, avant de disparaître sans explication. Aujourd'hui, Diego a les moyens de se venger et de faire d'elle sa maîtresse…

PASSION À BORNÉO, *Cathy Williams* • N°2904

Persuadée que Nick Papaeliou, un don juan invétéré, veut séduire sa jeune sœur Lily, Rose oppose à celui-ci une hostilité sans concession. Mais quand il lui propose de l'accompagner à Bornéo pour y travailler avec lui à l'ouverture d'un hôtel de luxe, Rose se demande soudain si elle ne s'est pas trompée sur ses intentions…

LA PRINCESSE INTERDITE, *Lucy Monroe* • N°2905

Pour échapper à un mariage arrangé par son père, le roi de Marwan, Lina décide de fuir. Mais c'est compter sans la redoutable efficacité de l'homme chargé de la retrouver et de la ramener à sa famille ! Un homme qu'elle connaît bien puisqu'elle est autrefois tombée amoureuse de lui, avant de comprendre qu'il l'avait manipulée…

EN DÉPIT DU PASSÉ, *Elizabeth Power* • N°2906

Pétrifiée, Mel aperçoit soudain, sur la plage de Positano où elle passe ses vacances, l'homme avec lequel elle a autrefois passé une unique nuit d'amour. Que fait ici celui qu'elle tient pour responsable de la mort de sa sœur, et qu'elle n'a jamais voulu revoir ? Avec un frisson de peur, Mel se demande s'il va la reconnaître après toutes ces années, et comprendre qu'il est le père de sa fille…

UN CHEIKH AMOUREUX, *Sandra Marton* • N°2907

- Trilogie Irrésistibles Cheikhs -

PREMIÈRE PARTIE

Madison pense qu'il ne lui manque qu'une chose dans la vie : un bébé. Pour autant, elle n'envisage pas un instant de sacrifier sa liberté et son indépendance ! Sa décision est prise : elle aura recours à une insémination artificielle. Mais quelques semaines plus tard, elle apprend avec stupeur qu'à la suite d'une erreur, elle porte l'enfant du cheikh de Dubaac, et que celui-ci veut son héritier !

Attention, numérotation des livres pour le Canada différente : numéros 1523 à 1528

BestSellers

A paraître ce mois-ci

Best-Sellers n°375 • roman

L'héritière australienne - Lynne Wilding

A la mort de son père, Carla Stenmark hérite d'un domaine viticole dans la Barossa Valley, en Australie. Une propriété dont son père ne lui a jamais parlé. Pas plus que de son passé secret, qu'elle découvre à la lecture de son journal intime : accusé à tort d'avoir séduit la fiancée de son frère, Rolfe a été renié et banni par son propre père. En s'installant à Sundown Crossing avec son fils, c'est donc un double défi que Carla s'apprête à relever : remettre en état un vignoble en friche depuis des années, et renouer avec le clan Stenmark, bien qu'héritière d'un fils maudit…

Best-Sellers n°376 • roman

Les filles du capitaine - Benita Brown

Depuis la mort de leur mère, Josie et Flora Walton sont choyées par leur père et leurs grands-parents maternels. Mais le capitaine a un faible pour Flora, portrait vivant de sa défunte épouse qu'il adorait. Et si Flora est capricieuse et instable, comment lui en vouloir quand on sait que leur mère est morte en la mettant au monde ? Une tragédie que nul n'ose évoquer et dont Josie ne garde qu'un souvenir confus. Pourtant, elle sent qu'on lui cache quelque chose. Un secret de famille qu'elle est bien décidée à découvrir pour exorciser enfin les ombres du passé et permettre à tous les siens de s'ouvrir enfin à l'avenir — et à l'amour…

Best-Sellers n°377 • thriller

Le lien maudit - P.D. Martin

A l'âge de 8 ans, Sophie Andersen a brutalement eu la vision de la scène du meurtre de son frère. Ce drame l'a marquée à jamais. Devenue flic, elle exerce ses talents de *profiler* au FBI tout en essayant d'occulter ce don terrifiant. Cependant une enquête, la plus perturbante de sa carrière, l'oblige à faire appel à ses visions : plusieurs meurtres particulièrement brutaux, d'abord imputés au même tueur en série, semblent avoir été perpétrés non pas par un, mais par plusieurs assassins, qui tuent à l'unisson...

Best-Sellers n°378 • suspense

Sombre présage - Heather Graham

Lorsque Genevieve O'Brien engage Joe Connolly pour enquêter sur la mort d'un membre éminent des « Corbeaux », un club d'amateurs d'Edgar Poe dont fait partie sa mère, celui-ci n'accepte qu'à contrecoeur. Pourtant, Geneviève le sent, la mort rôde autour des Corbeaux. Et Joe, qui possède le don de communiquer avec les défunts, comprend rapidement qu'un tueur obsédé par Edgar Poe rôde dans la ville…

Best-Sellers n°379 • thriller

Jusqu'au dernier souffle - Rita Herron

Survivante d'un *serial killer* qui enterrait ses victimes vivantes, Lisa Langley a vécu l'enfer. Elle tente de se reconstruire lorsque, quatre ans plus tard, des meurtres identiques sont perpétrés. Terrorisée, elle se tourne vers Brad Booker, l'agent du FBI qui l'a déjà arrachée à la mort. Car un autre tueur semble vouloir continuer « l'œuvre » du psychopathe dont Lisa a été cible, et la poursuivre jusqu'à ce qu'elle rende son dernier souffle…

Best-Sellers n°380 • historique

Un parfum d'Irlande - Erin Yorke

Irlande, 1588

Un soir de tempête, alors qu'Alanna O'Donnell cherche un moyen de fuir un mariage forcé, les gardes du château de son oncle capturent l'équipage d'un galion espagnol suspecté d'appartenir à la flotte envoyée par le roi d'Espagne pour envahir l'Angleterre. Nus et entravés, les prisonniers sont déférés devant le seigneur des lieux, et Alanna, est chargée de jouer les interprètes. Troublée, elle ne peut détacher son regard de leur chef, Lucas del Fuentes, un homme insolent qui, en dépit de la situation, ne se gêne pas pour la courtiser. L'oncle d'Alanna, agacé par la tournure des événements, rend son verdict: Lucas et ses hommes seront pendus à l'aube…

Best-Sellers n°381 • roman

Le fruit défendu - Erica Spindler

Issue d'un milieu qu'elle a rejeté et qui lui fait honte, Hope est prête à tout pour échapper à un destin qu'elle hait. La chance se présente à elle sous les traits de Philip St. Germaine, un homme de la haute société qu'elle parvient à tromper sur ses origines et à épouser. Mais la naissance d'une petite fille réveille les démons d'un passé qu'elle croyait avoir laissé derrière elle à tout jamais. Un passé sulfureux dont la petite Glory risque d'hériter… à moins que Hope, qui a pour sa fille les plus grandes ambitions, ne parvienne à lui mentir à son tour sur ses origines…